KB067609

행복을
담아줄게

행복을
담아줄게

나란 에세이

북로망스

행복을 만질 수 있다면,
사랑할 수 있지 않을까요?

행복을 만질 수 있다면 좋겠습니다. 비가 꽝꽝 얼어 눈이 되어 내리면 눈사람을 만들 수 있는 것처럼, 행복이 손으로 만져진다면 차곡차곡 모아 나를 더 나은 사람으로 만드는 데 쓰고 싶습니다.

언젠가 책을 사고 작은 우유 글라스를 사은품으로 받은 적이 있습니다. 고작 80밀리리터가 담기는 작은 병의 사용처를 고심하던 나는 집에 놀러 왔다가 돌아가는 친구의 손에 원두를 담아서 그 작은 병과 함께 들려 보냈습니다. 그리고 다음 날 아침, 커피를 내리면서 나와 같은 향을 맡으며 하루를 시작할 친구의 모습을 떠올리자 괜스레 입가에는 웃음이 번지고 가벼운 마음이 되었습니다. 순수한 기분 좋음, 행복이었습니다.

어떤 행복은 만질 수 있는지도 모릅니다. 아주 커다란 유리병을 채우는 것이 아니라 작은 유리병 정도를 채우는 행복, 내가 가진 것을 조금 꺼내어 나누는 행복은 의외로 쉽고 간단한 일입니다.

당신이 모은 것이 무엇이든, 조금만 꺼내서 상대의 유리병을 채워준다면, 오늘의 행복을 만질 수 있게 될 거예요. 서툴고 완벽하지 않은 인생이어도 기꺼이 드러내고 나누다 보면, 마침내 내 삶을 사랑할 수 있게 될 거예요. 이제껏 모은 행복을 담아 이 책을 펴냅니다.

새해 첫 달의 행복을 담아
나란 드림

온전한 나일 때 가장 행복한 것을

우리 만남은 소중하니까

세상을 향해 자유롭고 아름답게

4

내일은 더 행복할 거야

오늘도 한 걸음,

발길을 옮긴다.

부지런히 걷다 보면

어느새 행복에 닿아 있을 테니.

1

온전한 나일 때
가장 행복한 것을

내 인생의 봄꽃을 지나치지 않도록

몸에 늘 시계를 지니고 다니는 시계 토끼처럼 인생을 살아가면서 속도를 중요하게 여기는 사람이 있다. 늘 짜여진 시각에 맞춰서 해야 하는 계획이 있고, 시간 안에 해내지 못하면 스트레스를 받는 사람들. 그러나 그런 사람들에게도 시간이 흐르는 것과 무관하게 자신만의 속도를 지키는 일은 한두 가지쯤 있기 마련이다.

내게는 글을 쓰는 일이 그렇다. 이상하게 글을 쓰는 일은 아무리 열심히 해도 좀처럼 속도가 나지 않는다. 끝냈다 하더라도 만족하는 일이 거의 없다. 대부분 이런 경우 무기력으로 이어져서 그만둬야 정상인데, 희한하게도 만족 없이 만족하는 기이한 상황이 벌어진다. 평생 완벽할 수 없다는 불가능이 주는 만족감이랄까. 덕분에 글을 쓰는 일은 내가 하는 일 중에 유일하게 속도와 무관한 일이 되었다. 못해도 꾸짖거나 재촉하지 않는 일. 절대 완벽할 수 없기에 지속 가능한 일.

모두 저마다의 삶과, 저마다의 속도가 있다. 각자의 방식과 걸음으로 인생을 걷는 것이다. 그러니 조급해하지 말자. 나를 앞서가는 사람이 이미 겨울을 맞이했다고 해서, 내 인생의 봄꽃을 그냥 지나치지 않도록 하자.

꽃은 언제나 예쁘고
내 인생은 내가 가장 아름다운 시간들이니까.

모두 저마다의 삶과, 저마다의 속도가 있다.

나를 앞서가는 사람이 이미 겨울을 맞이했다고 해서,

내 인생의 봄꽃을 그냥 지나치지 않도록 하자.

이게 정말 나일까

요시타케 신스케의 그림책 《이게 정말 나일까》에 나오는 주인공은 심부름, 청소, 숙제… 하기 싫은 일들로 채워진 하루하루가 불만이다. 그래서 하고 싶지 않은 일을 몽땅 '가짜 나'인 로봇에게 맡기기로 한다. 나를 대신할 그 로봇도 어찌 되었든 '나'이기에 내가 어떤 사람인지 낱낱이 입력해야만, 진짜 내가 할 법한 선택을 로봇이 실행할 수 있다. 만일 그 책의 주인공처럼 진짜 나는 여기에 있고, 가짜인 나의 역할을 하는 로봇이 생긴다면…? 나는 로봇에게 어떤 값을 입력하게 될까. 나라는 사람을 어떻게 설명할까.

나에 대해 말하기. 자기 자신을 객관화하는 일은 꽤 힘난하다. 그러나 그와 별개로 우리는 타인의 거울에 비친 내 모습을 나라고 여기기 쉬운데, 여기에 큰 함정이 있다. 타인의 거울에 비친 '나'는 대체로 긍정적이고 성실한 편에 속한다. 과반수가 고개를 끄덕이는 선택에 기꺼이 동의하고, 갈등이 생기면 평화적으로 원만하게 해결되는 쪽을 선호한다. 유행에 민감하진 않지만, 아주 둔감하지도 않다. 그리고 노력한다. 앞선 모든 상태를 유지하기 위해 온갖 노력을 기울이느라 버둥버둥.

스스로 초라한 사람이라고 생각하는 것 또한 오류가 된다. 내가 하기 싫은 일을 해주는 '가짜 나'이지만 자랑스러운 내 모습을 입력하고 싶지, 두서없이 말하는 나 혹은 하루에도 열두 번 번복하는 나, 유치하고 소심하여 초라하기 짝이 없는 나, 볼품없는 나에 관한 것들은 입력하고 싶지 않다. 하나여도 벅찬데 이런 내가 한 명 더 있다고 생각하면 괜히 서글퍼지니까.

쉽게 저지르는 오류들을 제거한다면, 이제부터는 제대로

이야기할 수 있으려나. 어디서부터 말하면 좋을까. 심부름 가는 길의 기쁨과 슬픔, 거기에서부터 시작하는 게 어떨까.

나를 믿는다는 것

프랑스 작가 기 드 모파상의 단편집에는 〈달빛〉이라는 다섯 페이지 분량의 짧은 소설이 실려 있다. 이야기는 파리에 사는 동생 집에 어느 날 언니가 찾아오는 장면으로 시작한다. 오랜만에 만난 자매는 서로의 안부를 주고받는다. 밤이 되자 동생은 어두운 실내를 밝게 하려고 램프를 가져와 비춘다. 그때 언니의 양쪽 관자놀이를 덮은 두 가닥의 흰 머리를 보게 된다. 스물넷도 안된 언니에게 나쁜 일이 생겼음을 직감한 동생은 무슨 일인지 말할 것을 재촉하고, 결국 언니는 자초지종을 털어놓는다. 남편이 아닌 다른 남자를 사랑하게 된 것 같다는 죄책감 실린 고백이었다. 언니는 그 남자가 무슨 말을 했는지, 남자가 시를 읽어주었을 때 자신이 어떤 감정을 느꼈는지 설명하며 괴로워했고 동생은 그런 언니에게 다가가 이렇게 말한다.

> 언니. 우리 여자들은 흔히 남자를 사랑하는 것이 아니라 사랑 자체를 사랑하곤 하지. 그날 밤 언니의 진정한 애인은 저 달빛이었던 거야.
>
> -기 드 모파상, 〈달빛〉, 《모파상 단편선》, 문예출판사, 2006.

동생이 언니에게 건넨 말처럼 어쩌면 우리가 사랑하는 건 '사랑 그 자체'인지도 모른다. 우리는 자주 사랑하는 대상을 착각한다. 그날의 온도와 분위기, 공간의 조명, 잔잔히 흐르는 음악과 알코올에 취해 내 앞에 앉은 사람을 나의 운명이라고 착각하게 되는 순간처럼 말이다. 사랑이란 본래 운명의 콩깍지가 씌워졌을 때 시작된다. 그러나 그런 순간이 올 때마다 습관적으로 사랑에 빠지게 된다면, 다음 날 콩깍지가 벗겨졌을 때 곤란해질 수 있다.

만남 후 이별에 있어서도 마찬가지다. 이별의 구렁렁이

에 빠져 허우적거리는 시기에 우리를 괴롭히는 건, 다름 아닌 그 사람과 함께한 모든 구체적 기억이다. 내가 행복했던 모든 옆자리에 그가 있었기에 나의 유일한 사람이 그일 것만 같다고 생각한다. 더는 행복이 없을 것 같은 외로움을 느낀다. 이별 후에는 온갖 부정적인 생각만 하게 되지만, 그리움이 좀 무뎌지고 덩달아 부정의 기운도 걷히고 나면 이 모든 그리움이 착각일 수도 있다는 걸 알게 된다. 내가 사랑한 건 그가 아니라 사랑을 하던 당시의 나였음을. 그 사람 옆에서 아이처럼 천진하게 웃고 즐거워하던 나를 더 이상 볼 수 없다는 슬픔이 외로움의 이유라는 것도. 결국 나는 몰랐던 자신의 모습을 알게 되고, 스스로를 더 사랑하게 된다.

연애를 할 때와 비슷하게 일을 할 때도 나는 자주 이런 착각에 빠진다. 일을 하고 있지 않으면 내 존재 자체가 무용해지는 기분이 든다. 늘 일감을 손에 쥐고 있어야 안심이 된다. 실은 일 자체를 사랑하는 것이 아니라 일하며 성장하는 나 자신을 사랑하는 것인데, 그 둘의 구분이 쉽지 않다.

지금도 헷갈릴 때가 많다. 사회 초년생일 때는 이상한 계산 법으로 자의식 과잉에 빠진 적도 있다. 통장에 찍히는 내 월급은 기껏해야 200만 원이면서 매달 1억 넘는 매출 성과를 올리거나 10억 단위의 연간 프로젝트를 달성하고 나면, 마치 그게 나의 가치인 것처럼 스스로를 평가했던 것이다.

프리랜서가 되고부터는 생각의 기준이 바뀌었다. 내 통장에 찍히는 금액만큼 일을 하기보다 내 통장에 찍히는 금액을 키우는 방법에 대해 연구하게 되었다. 우선순위가 바뀌자 생활도 달라졌다. 무조건 많은 일을 할 필요가 없어졌기에 거절이 쉬워졌고, 내가 잘할 수 있으면서도 좋아하는 일을 오랫동안 지속할 수 있는 방법을 고민할 수 있게 된 것이다.

사랑과 일 그리고 삶의 모양새는 내가 얼마만큼 나를 믿고 나아갈 수 있는지에 달려 있다. 누군가를 사랑하고 누군가에게 사랑받는다는 경험은 큰 축복이다. 내 능력을 믿고 매달 월급을 주는 회사가 있다는 것도 든든한 버팀목이 된

다. 하지만 축복도 버림목도 내가 존재하기에 가능한 일이
다. 내가 믿고 의지할 수 있는 것은 연인도 회사도 아닌 바
로 나다.

내가 가장 사랑해야 할 사람,
내 인생을 빛나게 해줄 사람은
다름 아닌 나라는 걸 잊지 않았으면 좋겠다.

+
+
+

축복도 버팀목도

내가 존재하기에 가능한 일이다.

내가 믿고 의지할 수 있는 것은

연인도 회사도 아닌 바로 나다.

+
+
+

마음 산책

그 사람과 헤어지고 나서, 지독한 감기에 걸리고 나서, 끝내 회사를 관두고 나서야 알게 되는 한 가지가 있다. 마음에도 산책이 필요하다는 것.

산책은 휴식을 취하거나 건강을 위해 천천히 걷는다는 의미로, '별다른 목적 없이 천천히 걷는' 것이 핵심이다. 어릴 적에 우리는 산책에 익숙했다. 학교에서 돌아오는 길에 엄마 아빠 손을 잡고 산책 삼아 집에 오거나, 기르는 반려동물과 동네를 산책하거나, 학교에서도 날씨가 좋으면 종종 수업 대신 자연 학습이란 명분으로 산책을 하기도 했으니까. 그렇게 우리는 휴식을 취하거나 건강을 위해 천천히 걷는 일을 꾸준히 해왔다.

산책이라는 단어에서 '산(散)'은 흩어진다는 의미다. 천천
히 걸으며 갇혀 있던 생각을 조금씩 흐트러뜨려 답답함을
완화한다는 의미로도 쓰인다. 우리는 알게 모르게 산책을
하며 생각을 이완시키고 마음을 보듬어왔다. 그런데 어느
순간부터 우리는 산책할 여유를 잊고, 천천히 걷는 일뿐만
아니라 생각을 흐트러뜨리거나 마음을 보듬는 법까지도 잃
어버리고 말았다. 여유를 잃게 되면 생각은 한쪽으로만 계
속 흐르게 되는데, 이런 현상을 '강박적 사고'라고 한다. 강
박적 사고에 갇히면, 내가 뜻한 일이 이루어지지 않았을 때
쉽게 나쁜 쪽으로 온 신경이 쏠리고 만다.

지독한 감기에 걸리는 이유도 "곧 괜찮아지겠지" 하는
한 방향의 생각만 하기 때문이다. 감기에 걸렸을 때 우리는
이상하게 '상황'을 운운하며 병원을 찾거나 약을 먹지 않고
버티려고만 한다. 이유 없이 으슬으슬 몸이 추울 때는 "겨
울이니까", 몸에 기운이 없을 때는 "배고프니까", 목이 아프

고 칼칼할 때는 "미세 먼지니까"라고만 생각하고, 물을 먹거나 따뜻한 차를 마시는 쉬운 방법을 의외로 생각하지 못한다. 버리고 버리다 도저히 안 되겠다 싶어 병원에 가면 듣는 말은 고작 '물을 많이 마셔라'라는 처방일 뿐이다. 그러면 그제야 다짐한다.

"오늘부터 물 많이 마셔야지."

이러한 생각의 일방통행은 회사를 다니면서부터 급격하게 심해진다. 정해진 시간에 출근해 그곳을 빠져나오기까지 일과 고군분투하며 살다 보면 자연스럽게 생각을 흩트리는 대신, 어떻게든 생각을 집중해야겠다는 데에 온 신경을 쓰기 때문이다. 이때 우리에게 대안이 될 수 있는 것이 '마이크로 하비타트(Micro Habitat)'이다. 영화 〈소공녀〉의 영어 제목이기도 한 이 단어를 번역하면, '미미한 서식지' 혹은 '미소 서식지' 라는 뜻이다.

영화 속 주인공 '미소'는 전문 가사 도우미로 일하며 생활한다. 미소는 일과 후 담배 한 모금, 위스키 한 잔이면 충분하다는 생각으로 오늘을 사는 청년이다. 하루는 담배 가격이 2천 원이나 오르면서 가계부에 마이너스가 나게 되자 방을 빼고 친구 집을 돌며 서식하기로 결심한다. 그 과정에서도 담배와 위스키는 포기하지 않는다. 친구들은 위스키 한 잔과 담배 한 갑을 위해 집을 포기한 미소를 보며 상식 밖이라고 생각하지만, 미소는 "집이 없어도 생각과 취향은 있어"라는 답으로 자신의 생활 방식을 고수하며 산다. 미소에겐 그게 바로 자신을 숨 쉬게 하는 휴식 공간인 마이크로 하비타트인 셈이다.

영화 속 미소에게 하루 중 잠시 숨을 고르도록 하는 것이 담배와 위스키라면, 일상에 지친 현대인에게는 마음을 산책할 수 있는 휴식 공간이 마이크로 하비타트라 할 수 있다. 주차장 차 안, 버스 맨 뒷자리, 조조할인 영화관 등 생각을 흘트릴 수 있는 나만의 공간을 만드는 것이 곧 나를 쉬게 하는 일이다.

글을 쓰거나 책을 읽는 것도 도움이 된다. 영화 〈패터슨〉에서는 버스 운전사로 일하며 시를 쓰는 패터슨의 일상을 보여준다. 똑같이 흘러가는 일주일의 일상이지만 시를 쓰는 순간만큼은 어제와 다른 오늘, 오늘과 다른 내일이 그를 기다리고 있다. 그는 같은 시간에 일어나 같은 길을 걷고, 같은 사람과 같은 말을 주고받는다. 매일 같은 노선을 운전하는 틀에 박힌 일상을 보내지만, 시를 쓰는 순간만큼은 세상에서 가장 자유로운 사람이 된다.

아무것도 하지 않고 오롯이 내 발과 숨소리와 주변 풍경에 취한 채 홀가분해지는 산책처럼, 어제와 다른 오늘을 만들기 위해선 우리 마음에도 산책이 필요하다.

착한 사람 콤플렉스

"착한 사람이 최고야."

동생에게 말한 적이 있다. 맥락은 이러했다. 연애나 결혼을 무조건 해야 하는 건 아니지만, 오랜 만남을 염두에 둔 사람이 있다면 먼저 착한 사람인지 아닌지를 살펴라. 상대에 대한 배려가 부족한 사람이거나 자신의 능력이나 가진 것에 취해 있는 사람은 위험하다. 네가 하는 일을 자기 일만큼 존중하는 사람이라면 시간을 두고 만나보면 좋겠다.

떨어져 사는 동생과 밥 한 끼를 핑계로 만날 때마다 나는 누구에게도 하지 않는 장황한 말들을 늘어놓곤 한다. 이러한 일장 연설은 오롯이 내 몸을 통과한 경험과 감정을 바탕으로 하는 것이다.

　누구나 어릴 적 한 번쯤은 착한아이증후군에 시달리며 밤을 지새운 경험이 있을 것이다. 말을 잘 들으면 착한 사람, 그렇지 않으면 나쁜 사람으로 낙인찍혀 상대가 나를 나쁜 아이로 여길 것이라는 강박에 시달리는 증상. 이 증후군을 처음 제안한 심리학자 가토 다이조는 남의 눈치만 살피는 아이, '싫어!'라고 말하지 못하는 아이, 자기 탓을 하며 죄의식을 느끼는 아이 등을 착한 아이로 특징한다. 그런 아이는 자신의 감정을 무시하고 방치한 채 부모의 뜻대로만 행동하면서 성장하게 되는데, 이때 착한 아이의 비극이 일어난다고 말한다.

　10대의 나는 부모님보다는 친구들의 낙인이 두려웠다. 친구들의 눈치를 살피거나 싫은 티를 숨기고, 내 외모와 형편을 탓하며 스스로를 기만하기 일쑤였다. 쪼그라든 심장으로 지내던 10대를 지나 20대에는 사회적 평판이라는 눈에 보이지 않는 것에 매달렸다. 신입 사원으로 입사한 회사에선 여자 동기가 세 명뿐이었다. 자연스레 원치 않는 주목을 받게 되었고, '능력 있는 여사원'으로 평가받아야 한다는 강박이 생겨 몸이 부서지도록 열심히 일했다. 하지만 아이러니하게도 주변의 평가는 '능력 있는 신입'보다 '착하고 성실한 신입'에 방점이 찍혔다. 그러다 보니 착하다는 긍정적 평가에 두려움을 느끼게 되었다. 10대의 내가 그랬던 것처럼 착한 사람으로 보이기 위해 애쓰는 일은 더는 하고 싶지 않았기 때문이다. 때마침 사회에서는 'YES 보다는 NO를!', '착한 사람 콤플렉스' 같은 말이 유행처럼 번지던 시기였다. 항상 YES를 외치는 사람은 미련한 사람, 자존감이 부족한 사람으로 인식되던 사회적 분위기가 나의 이러한 두려움을 증폭시켰다. '착한 사람은 대개 그렇더라'라는 그 특정 인식마저 타인에 의해 씌워지는 프레임이라는 걸 당시에는 알지 못했다.

하루는 옆자리 선배에게 이런 고민을 토로했다. "저는 착한 사람으로 비치는 거 싫어요. 능력으로 인정받고 싶어요.” 옆자리 선배 역시 회사 내에서 소문난 착한 사람이었는데 일로도 충분히 인정을 받고 있었다. 내 말을 듣고 선배는 이렇게 말했다. “나주임이 착한 사람으로 보이려고 일부러 애쓴 거야? 아니잖아. 주변 사람들 평가에 휘둘리기 시작하면 진짜 힘들어지는 거야. 나주임은 지금처럼 나주임 방식대로 하면 돼.” 순간 뒤통수를 맞은 것 같은 기분이 들었다. 어릴 적 왜곡된 기억과 사회적 인식으로 내게 ‘착한 사람’이란 단어는 20대 내내 남에게 잘 보이려 애쓰는 사람, 착한 척하는 사람과 같은 부정적 의미로 자리 잡고 있었던 것이다.

어른이 된 지금, 내게 착한 사람이란 동생에게 말한 것처럼 무조건 순종하는 사람이 아니라 자신의 것을 충분히 사랑하면서 상대를 배려하는 사람이다.

착한 사람이 될 필요가 없다는 자기 계발서를 볼 때마다 반박하고 싶은 욕구가 생긴다. 언행과 마음이 바르고 상냥한 사람은 대체로 옳다. 그렇기에 우리는 착한 사람이 되어야 한다. 타인의 평가가 아닌 스스로 언행과 마음을 컨트롤할 수 있다면 착한 사람은 그저 착한 마음을 지닌 사람일 뿐, 남에게 잘 보이려고 애쓰는 것이 아니다.

스스로 그런 사람이 될 때,
주변에도 자연스레 그런 사람들이 모일 것이라는 믿음 역시 나를 착한 사람이 되고 싶게 한다.

착한 사람은

그저 착한 마음을 지닌 사람일 뿐,

남에게 잘 보이려고 애쓰는 것이 아니다.

최선의 삶

10여 년 가까이 서점을 들락거리며 얻은 깨달음으로 지금은 한 직장에 소속되기를 포기하고 기획자, 에디터, 작가, 강사 등 상황에 따라 명함을 바꿀 수 있는 자유로운 직업인으로 지내고 있다. 아직은 적응과 동시에 사투 중인 프리랜서 3년 차 신출내기. 이런 나에게 지인들은 가끔 한 가지 일만 하는 것도 어려운데 어떻게 그 많은 일을 하냐고 비슷한 질문들을 건넨다.

"할 수 있는 일만 하는 거예요." 나는 이렇게 답하고는 오히려 직장인을 향해 되묻는다.

"저보다 더 많은 걸 하시잖아요. 어떻게 그걸 다 해요?"

직장에 다닐 때는 몰랐다. 내가 이런 질문을 하게 되리라는 것을. 매일 출근할 때는 보이지 않던 것들이 이제는 보인다. 직장인이야말로 무엇이든 해내는 만능인이라는 것을. 회사에 다닐 때는 일어나서 잠들 때까지 거의 분 단위로 일정을 짜서 생활하는 것이 일반적이었다. 그래야만 컨디션을 유지하면서 예정된 일들을 해낼 수가 있으니까. 회사 연봉 계약서에는 구체적으로 언급되어 있는 것을 보지 못했지만, 내가 생각하기에 회사와 나와의 계약에서 가장 중요한 것은, 그날 나의 컨디션을 최상의 상태로 유지하는 조건인 것 같다. 그런 것이 아니라면 출퇴근 전쟁, 춘곤증과의 싸움, 잔심부름, 끝없는 미팅과 회식 자리에서 끝까지 버티기 등 온갖 미션들을 전부 해치우면서 동시에 어떻게 주간, 월간, 연간 목표까지 달성할 수 있겠는가. 직장인은 그걸 다 해내고 있는 사람들이다. 아쉬운 점은 컨디션 유지 조건이 명시되어 있지 않다 보니 컨디션 유지에 사용되는 충동적 비용들 역시 별도 책정되지 못하고, 연봉에 포함될 수밖에 없는 현실이라는 점이다.

자발적으로 소속을 잃었지만, 한동안 나의 루틴은 회사에 다닐 때와 다르지 않았다. 정해진 시간에 일어나 운동하고 일하고 밥을 먹고 다시 일을 했다. 남는 시간에는 책을 읽거나 글을 썼다. 계획한 일을 전부 하고 취미 생활까지 했는데, 어느 날부터는 시간이 남기 시작했다. 처음에는 여유가 있다는 사실이 마냥 낯설고 불안했다. 이를테면 '내가 혼자 생활하다 보니 게을러졌구나, 정신이 해이해졌구나' 하는 자책 단계로 접어든 것이다.

자책 단계에서는 이성적인 사리 분별이 불가능하다 보니 괜히 일을 더 만들어서 스스로 혹사시키는 단계에 접어든다. 그렇게 나의 정신과 육신을 휘저은 다음에야 제 풀에 지쳐 천천히 사유한다. 전에 없던 시간의 여유는 어디에서 온 것인가, 내 자책의 이유는 무엇인가 같은 것들을. 그제야 머릿속 바퀴가 맞물려 돌아가기 시작한다. 할 수 있는 일만 하기에 주어지는 여유, 컨디션 유지를 위한 비용과 에너지의 감소가 내 불안의 원인이었음을 알게 되었다. 그 후부터는 허락된 여유를 제대로 즐기면서 시간을 보낼 수 있는 이른바 '나 사용법'을 하나씩 적어 나갔다. 맨 윗줄에 적은 것은 한 번도 가져본 적 없는 여유, 낮잠이었다.

물론 소속도 없고 매달 통장을 스치는 월급도 불안정한 직업인에게는 직장인과 다른 고충이 있다. 일이 언제 끊길지 모르는 두려움, 계속해서 자기 자신을 홍보하고 능력을 개발해야 하는 부담으로 하루하루가 마음 다스리기의 연속이다. 게다가 컨디션 조절을 위해 할 수 있는 것이라고는, 동네 산책이나 달리기처럼 무료 근린 시설을 이용하거나 카페에서 커피를 마시며 부리는 사치 정도가 전부다. 그렇다보니 전보다 소심한 면이 생기기도 하고, 의도치 않게 근검절약형으로 변하기도 한다. 어디서든 일할 수 있다는 자유로움으로 훌쩍 여행을 떠날 수도 있지만, 그곳에서 일로 밤을 지새울 각오를 동반해야 한다. 일상을 여행하듯 보내는 일은 넷플릭스 다큐를 볼 때나 유효한 것인지도 모른다.

하고 싶은 일만 하며 사는 사람은 없다. 단지 하기 싫은 일은 최대한 줄이고, 할 수 있는 능력의 가짓수는 늘려서 그중에 하고 싶은 일 위주로 선택하며 살아가는 것. 그것이 바로 최선의 삶이요, 행복이다. 나에게 프리랜서라는 직업은 그런 삶에 좀 더 가까워지기 위한 시도로 볼 수 있다. 지금 내가 하는 일을 줄 세웠을 때 직업인으로서의 일이 많은지, 소모적인 일을 하며 보내는 시간이 많은지 헤아려보자.

오늘 하루를
할 수 있는 일,
하고 싶은 일로 가득 채울 수 있다면
충분하다.
그게 우리의 최선이다.

사소한 안정

저울을 샀다. 0.01그램까지 잴 수 있는 꽤 성능이 좋은 저울이다. 성능이 좋다고 가격을 무시할 수는 없기에 오랜 비교와 고민이 있었는데, 그램 수는 물론이고 타이머까지 가능하다는 점이 선택에 방점을 찍어주었다. 오늘부터 정확하게 계량해서 커피를 내릴 수 있다. 알 수 없는 안정이 찾아온다.

무엇 하나 명확하지 않은 세상이다. 어제까지 연락을 주고받던 관계가 오늘 토라질 수도 있고, 오늘 멀쩡히 다니던 회사가 내일 폐업하지 말란 법도 없다. 매일같이 나를 걱정해주시던 부모님을 내일부터는 내가 걱정해야 하는 상황이 벌어질 수도 있는 세상에서 불안은 언제나 고정값이다. 그런 세상에서 그램 수를 맞춰 커피를 내리기만 하면 정해진 맛을 볼 수 있다는 것이, 원하고 기대하는 만큼의 결과가 출력된다는 것이 얼마나 놀라운 일인지.

불명확하고 불투명한 세상에서 안정을 찾을 수 있는 보편의 방법이 무엇인지는 모른다. 그러나 개인적이고 사적인 영역일수록, 그 안에 나의 안정은 더 단단히 자리 잡혀 있다. 지금 나와 가장 가까이에 있는 것은 무엇인가? 그중 나를 안정시키는 것은 무엇인가?

모르겠다면 돌아볼 것, 없다면 만들어볼 것. 나의 안정을 찾아서 값을 지불해볼 것.

때로는 사소한 안정이
나를 숨 쉬게 할 때도 있으니.

너그러워져야 사랑할 수 있어

평소보다 10분 늦게 일어난 날. 지각을 한 것은 아니지만, 아침부터 서두르는 통에 기분이 좋지 않았다. 점심을 먹으면서는 하얀 셔츠에 국물이 튀어 얼룩이 져버렸고, 하필 오후에는 미팅을 앞두고 있어서 집에 들렀다 가야 하나 고민을 하기도 했다. 퇴근 후에는 모처럼 친구와 저녁을 먹고 계산을 하려는데 카드를 두고 온 것이 떠올랐다. 계좌 이체를 하겠다고 말은 했지만, 계산하고 있는 친구 옆에 서 있으려니 머쓱해 등줄기에는 땀이 흘렀다.

모든 일과를 마치고 도착한 집. 곧장 침대를 향해 몸을 뻗는다. 더 이상 무언가 할 의욕도, 힘도 없다. 돌이켜보면 오늘 하루 크게 바쁘거나 힘든 일도 없었는데 왜 이럴까? 이런 날은 좀 귀찮더라도 하루를 되돌아봐야 한다. 온종일 스스로를 꾸짖는 데 모든 기력을 소진했을 가능성이 높기 때문이다.

자존감. 우리가 이 단어 앞에서 흔히 하는 착각은 내 자존감의 근본이 '완벽'에 있다는 믿음이다. 일, 사랑, 인간관계 등 모든 영역에서 적어도 B+를 받아야만 자존감이 높은 사람이라고 착각하는 것이다. 전에는 나 역시 얼마나 계획대로 완벽하게 살았는지를 기준으로 오늘의 자존감 점수를 매겼다. 타인에게 피해를 주지 않고 주어진 일을 완벽히 해냈을 때 스스로 자존감이 높은 사람이라고 자부했다. 그러나 거기에는 본질에 대한 생각이 빠져 있었다. 자존감을 높이기 위한 필요조건으로 내가 얼마나 조직에 쓸모 있고 타인에게 잘하는지, 일상을 통제할 수 있는 사람인지 같은 것들은 충족될 수 있었다. 그러나 그것이 자존감 그 자체의 본질은 아니었던 것이다.

자존감, 이 알쏭달쏭한 단어는 내가 나를 사랑하는 정도를 뜻한다. 나를 사랑하는 데는 사실 특별한 조건이 없다. 내가 나를 사랑하고 보듬어주던 때를 돌이켜보면, 모든 것이 완벽했던 순간이 아니라 오히려 나의 부족함을 인정하고 현재의 감정을 되짚으며 스스로를 위로했던 순간들이었다.

작은 일에도 완벽을 지향하는 사람들이 있다. 이러한 완벽주의 성향의 사람은 평소 높은 자존감을 유지하는 편이다. 그들은 아침에 일어나 눈을 뜨기도 전에 머릿속으로 오늘 하루치 계획표를 그린다. 지금까지의 경험을 토대로 중간에 생길 변수까지 고려하여 짜여진 오전과 오후. 이 모든 것들이 계획된 대로 흘러갈 때 그들의 몸과 마음은 가벼운 상태를 유지한다. 대부분의 사람들은 그런 그들을 보며 자존감 높은 사람, 밝고 똑 부러지는 사람으로 평가한다. 그러면 그 평가는 다시 선순환되어 그들의 루틴에 긍정적 영향을 미치는 것이다. 그러나 완벽한 루틴일수록 치명적인 단점이 있다. 옆에서 툭 치면 무너져 내리기 쉽다는 것이다.

인생은 변수의 연속이다. 매일 같은 패턴을 유지하기란 쉽지 않다. 내가 일부러 저지른 일이 아니어도 실수는 어디에서나 생기기 마련이다. 완벽주의의 성향을 지닌 사람들은 자기 통제에도 뛰어나 이러한 실수와 맞닥뜨리게 되면, 스스로에게 엄격한 잣대를 들이대곤 한다. 평소 작은 실수 하나로도 스스로를 피곤하게 만드는 이들은 정말 큰일이 닥쳤을 때, 오히려 그렇지 않은 사람들보다 스트레스에 취약해지는 모습을 종종 볼 수 있다. 주변에 손을 내밀거나 도움을 요청해본 적이 없기 때문에 이런 상태가 되면, 부정적인 기운만 가득해질 수 있으니 주의해야 한다.

타인에게 피해 주지 않기, 상처 주는 말 하지 않기와 같은 것들은 어느 정도 우리 몸에 배어 있다. 이제는 그 대상을 타인이 아닌 나에게 적용해보면 어떨까? 나에게 너그러워지는 것은 나를 돌보는 일이다. 그 시작은 내 안의 모든 감정을 인정하는 것. 내 인생에 기쁨과 환희 같은 긍정의 감정만 있으면 좋겠지만, 불안과 분노도 찾아올 수 있음을 인정하는 것. 그 감정들이 지금 내 안에 있다는 것을 받아들이고 그 감정의 원인을 하나씩 제거해나갈 때, 우리는 겉으로 드러나는 완벽 없이도 오늘의 나를 사랑할 수 있지 않을까?

이제 나에게 너그러워질 차례다.
그 정도의 여유는 부려도 괜찮다.

내가 나를 사랑하고 보듬어주던 때를 돌이켜보면,

모든 것이 완벽했던 순간이 아니라

오히려 나의 부족함을 인정하고 현재의 감정들을 되짚으며

스스로를 위로했던 순간들이었다.

내면의 '나' 만나기

    명절의 달 2월. 심심함을 달랠 겸 휴대폰 연락처에 저장된 이름들을 ㄱ, ㄴ, ㄷ부터 ㅍ, ㅌ, ㅎ까지 훑는다. 올해는 누구에게 안부 인사를 전할까 생각하다 보면 금세 심심은 달아나고 고심이 달려든다. 평소에 연락하는 친구들, 명절뿐이지만 꼬박 인사를 전하는 선후배들, 몇 년 전부터 안부 인사도 뜸해진 지인들까지. 고심 끝에 선정한 이들에게 새해 인사를 보낸다. 어차피 메시지는 한두 번 주고받고 끊어지겠지만, 개중에는 대화를 잇고 싶은 사람도 있게 마련이다. 그리고 그중에 A가 있다.

    나보다 두세 살은 어린 A. 한동안 그 아이와 밤에서 새벽으로 이어지는 시간에 자주 전화를 했었다. 친구와 연애 상담을 하거나 동료와 직장 상사에 대한 험담을 늘어놓을 때야 한두 시간이 금방 지나가지만, 그런 대화 주제도 아니면서 A와 통화를 시작하면 희한하게 끊기가 아쉬웠다. 티키타카가 잘 맞아 놀이처럼 즐거웠던 기억뿐인데, 지금 와서 생각해보면 분명 A에게 남다른 대화의 기술이 있었던 것 같다.

가장 높은 확률로 그 기술이란, 되묻는 습관일 것이다. 그에게는 항상 되묻는 버릇이 있었다. 만일 A에게 명절 안부 인사 문자를 보낸다면, 그는 아마 반갑게 답했을 것이고 나는 대화를 이어갈 요량으로 그에게 이렇게 답할 것이다.

A 잘 지내시죠?

나 별일 없이 지내.

A 잘 지내는 거 맞죠?

나 실은 아무 일도 일어나지 않은 채로 지내.

A 잘 지내는 것 같다고 생각해도 될까요?

나 아무 일도 일어나지 않는데 어떻게 잘 지낼 수가
    있겠어?!

보통은 '별일 없이 지내'의 답변으로 '네 저도요' 하며 다
른 주제로 옮겨가기 쉬운데, A는 별것 아닌 말에도 늘 두세
번씩 확인 절차를 거쳤다. 그런데 이 똑같은 질문이 반복될
수록 나도 모르게 다른 답을 하게 된다. 첫 번째 답변에서
답이 끝났다면, 나는 스스로 '그래, 나는 잘 지내고 있어'라
고 넘겨짚었을지도 모른다. A의 질문으로 인해 나는 두 번
째 답변에서 스스로 갸웃하고, '아무 일이 없는 게 잘 지내
는 게 맞아?' 하는 질문을 스스로에게 하게 된다. 세 번째
대답에 이르러서는 별일이 없는 것은 잘 지내는 것이 아닐
지도 모른다고 깨닫게 되는 것이다. 분명 처음에는 별일이
아니었는데, 별일이 되어버리는 대화. A의 되묻기 기술은
나를 곧잘 놀라게 만들었다.

A가 지닌 또 하나의 기술은 '적확하게 묻기'다. 이 기술
은 주로 나의 호기심을 증폭시키는 기폭제 역할을 했다. 기

억을 더듬어보면 대화에는 다음과 같은 패턴이 있었다.

> **A**　오늘 바빠요?
>
> **나**　응.
>
> **A**　뭐가 그리 바빠요?
>
> **나**　책도 읽어야 하고, 영화도 봐야 하고, 방송 준비도 해야 하고….
>
> **A**　해야 하는 일을 하느라 바쁜 거예요, 하고 싶은 걸 하느라 바쁜 거예요?
>
> **나**　다른 건가?
>
> **A**　매번 '해야 한다'라고 말하잖아요. 하고 싶은 건 뭐예요?
>
> **나**　이제부터 생각해볼게. 하고 싶은 거.

　지금도 누가 나에게 '바빠?' 하고 물으면 '응, 아니' 정도로 답하게 된다. 그러면 대부분 용건을 말하고 상황은 종료된다. 무엇 때문에 바쁜지 묻는 사람도 없지만 실제로 하고 있는 일을 이야기했을 때 무슨 책을 읽는지, 무슨 영화를 보는지 정도만 궁금해할 뿐이다. 그러나 A는 내게 'want to'가 아니고 'should' 혹은 'have to'인지 구체적으로 물었다.

그의 적확하게 묻기 기술로 나는 내 언어가 사회적인 지배를 받는 건 아닌지, 어디까지가 내게서 비롯된 것인지와 같은 궁금증을 갖게 되었다. 과연 나는 언제부터 하고 싶은 것보다 해야 하는 일 위주로 삶의 방향을 선택하고, 보여주고 싶은 모습보다 드러내면 좋을 모습만 보여주며 살게 되었을까? A와 대화를 하다 보면 나는 어느새 과거를 거스르며 나의 진짜 속마음을 되짚어보고는 했다. A와의 대화를 통해 느낀 것은, 내면의 나를 만나려면 몇 꺼풀은 나 스스로를 벗겨내야 한다는 사실이었다.

적확하게 묻기. 이 대화의 기술은 나의 꺼풀을 벗기기 위해서라도 한 번쯤 연마해야 하는 삶의 지혜가 아닐까?

행복을 위한 외로움

식음을 전폐하고 사람을 멀리하거나, 가족 돌보기를 포기하면서까지 열심히 일하면 일할수록 외로워지는 것은 어쩔 수 없다. 다만 사람들의 평가는 하나같이 좋을 것이다. 주머니에 언제든 손을 집어넣어 카드를 꺼낼 수 있다는 자신감도 덤으로 얻을 것이다.

그러다 돌연 혼자가 되는 시간이 오면 미칠 듯한 외로움에 빠지게 된다. 일만 그런 것은 아니다. 어떤 대상에 빠진다는 것은 모두 외로움의 깊이를 더하는 것과 같다. 이성에 빠지거나 음악에 빠지거나 하는 것도 마찬가지다. 어떤 대상에 빠지면 빠질수록 더 깊은 외로움을 느낄 수밖에 없다.

대상에게 빠져 있는 그 시간들이 너무 행복해서인지도 모른다.

외로움을 달래는 방법은 오로지 두 가지. 받아들이고 뱉어내는 방법뿐이다. 나의 경우엔 외로움을 탓하고 매달리며 씨름하다 보면, 결국 그 외로움을 받아들이게 되었다. 그러다 사무치는 외로움 속에서 시간을 견디다 보면, 어느새 행복이 찾아와 인사를 건네는 날들도 있었다.

어쩌면 외로움은 익숙한 것. 흔한 것. 그래서 누구나 받아들이거나 뱉어내고 있는 것.

우리는 모두 이렇게나 외롭다.

우리, 함께 달려요

옥탑방에 혼자 살 적에는 곧잘 공원까지 뛰어가곤 했다. 집에 있으면 심심하기도 하고, 문만 열면 너른 옥상이 있어 가볍게 뛰기 좋은 환경이, 공원까지 나가 달리게 하는데 한 몫을 했다. 본격적으로 뛰기에 앞서 줄넘기로 열을 낸 후 가지런히 겹친 줄을 허리에 묶고, 맨몸으로 영등포 공원을 목적지 삼아 뛰었다. 가는 길에는 횡단보도가 두 개뿐인데, 이때 유일하게 숨을 고를 수 있다. 오르막길에서는 솔직히 걷는다. 주택들이 이어진 골목에서는 다시 뛰어야만 한다. 해가 져서 어두운 데다가 가로등이 없어 괜스레 등골이 오싹해지기 때문이다.

공원에 도착하면 재빨리 숨을 고르고는 트랙을 돌고 있는 무리에 합류한다. 혼자 공원까지 달릴 때와 다른 것이 있다면, 서로가 서로의 페이스메이커가 되어줄 수 있다는 점이다. 하나같이 처음 보는 사람들이지만, 그들은 매번 나의 좋은 페이스메이커가 되어준다. 한 바퀴 정도는 빠르게 돌면서 어떤 사람들이 운동을 나왔는지 살핀다. 산책 삼아 걸으러 오신 듯한 할아버지, 킥보드를 신나게 굴리며 앞으로 나아가는 어린이, 한겨울에도 짧은 반바지를 입고 뛸 것 같은 근육질의 젊은 남자, 상체는 곧게 편 채로 경보하는 우리 엄마 또래의 아주머니. 그중엔 나와 비슷한 또래로 보이는, 귀에 이어폰을 낀 채로 경쾌하게 뛰는 젊은 여자도 보인다. 뛰고 있는 사람들 중 한 사람을 내 멋대로 페이스메이커로 삼으면, 그때부터 나는 그의 속도에 맞추게 된다. 공원에는 점차 완전한 어둠이 깔리고, 사람들은 주황빛 조명 아래에서 서로의 그림자를 밟으며 같이 뛴다.

"나는 제대로 살아가기 위해 달린다. 거짓말이 아니다."
심장병 전문의이자 러너인 조지 쉬언의 말이다. 그는 "살아가면서 어떤 일을 하고, 어떤 사람이 되어야 하고, 어떻게 바뀌어야 하는지 궁금해질 때마다 자신에게 운동과 놀이와 연습은 상당히 중요하다"라고 말했다. 그는 운동을 단순히 병을 예방하기 위해서가 아닌, 몸을 가꾸는 차원에서, 건강을 통해 원하는 목표에 도달하기 위한 차원에서의 활동으로 정의했다. 캄캄한 밤, 공원에서 달릴 때마다 나는 그의 말을 실감했다.

밤의 공원에는 다양한 사람들이 있다. 분명 낮에도 있었을 사람들인데, 밤에 만나는 그들은 마치 다른 사람 같다. 분명 밤이건만, 가로등 불빛 때문인지 아니면 그들이 내뿜는 기운 때문인지 주변이 밝아지는 기분이 든다. 낮에는 서로가 서로를 지나치기에도 바쁜 삶을 살아가지만, 밤 공원을 함께 달리는 그들에게는 문득 조용히 다가가 한마디 인사를 건네고 싶어진다. 분명 같은 사람들일 텐데 낮에 혼자 있는 그들에게서는 외로움이, 밤이 내려앉은 공원을 달리는 그들에게서는 활기가 느껴진다. 밤에 공원으로 나오지 않았더라면, 이런 감정은 영원히 알지 못했을 것이다. 나를

더 잘살고 싶게 만드는, 더 나은 사람이 되고 싶게끔 하는
이 감정들을 말이다.

    오늘 밤에는 오랜만에 공원에 나가 달려야겠다. 혼자 달
리면서 이름 모를 그들에게 무언의 응원을 보내야겠다.

    "우리 달려요, 더 나은 곳으로 같이 달려봐요."

삶의 속도를 다양하게

예술은 시간에 구애받지 않는 아름다움이 있다. 우리는 24시간, 하루를 기준으로 생활하고 계획하며 행동한다. 때로는 이 기준으로 상대를 평가하기도 하는데, 시간 내에 일을 해내지 못하고 미루는 사람에게는 영락없이 게으른 사람이라는 꼬리표가 붙는다. 미루는 사람들은 정말 게으른 걸까? 어쩌면 그들은 예술을 하고 있는 것이 아닐까. 오늘을 유예하는 대신에 아름다움을 추구하고 있는 것은 아닐까.

피아노를 배울 때 우리는 시계가 아닌 메트로놈을 본다. 피아노를 치는 이유는 정해진 시간 안에 곡을 끝내는 것이 아니라 악보에 적힌 대로 연주를 해내는 것이기 때문이다.

연주는 음표에 따라 진행되기도 하지만, 악보 위에 적힌 빠르기를 이해하고 감정을 담아낼 수 있어야 한다. 현실에서의 일은 빠르게 잘 처리하면 그만이지만, 음악에서의 일은 느리게 연주해야 하는 부분에서 곡 분위기에 맞게 느린 연주를 하는 데에 아름다움이 있다. 어떤 곡이든 누구보다 빠르게 연주하는 사람이 기네스북에 오를 수는 있지만, 세계적인 연주자가 되기 어려운 이유가 여기에 있다.

미루기만 하는 나를 자책하기 바쁜 날, 세상의 시간 기준을 따라가는 것이 버거운 날에는 책상 앞에 있는 시계를 덮어보자. 피아노를 연습하듯 내 삶의 속도를 다양하게 연주해보자.

느리게, 점점 느리게, 매우 느리게.

세상의 시간 기준을 따라가는 것이 버거운 날에는

책상 앞에 있는 시계를 덮어보자.

피아노를 연습하듯 내 삶의 속도를 다양하게 연주해보자.

숨을 쉴 수 있는 여유

요가원에 머무는 한 시간 동안 듣게 되는 말은 다음의
네 마디 안에서 반복된다.

- 내쉬는 숨에 상체와 손을 바닥으로 내려보세요. 그러
  면 좀 더 수월하게 낮출 수 있어요.
- 숨 들이마시고 숨 내쉽니다.
- 괜찮아요. 할 수 있는 데까지만 하면 돼요. 괜찮은 분
  들만 더 하시면 돼요.
- 멈추지 말고 호흡하세요.

요가는 단 한 번도 나를 채근한 적이 없다. 오히려 힘들

면 그만할 수 있도록 돕는다. 가끔 현기증이 나면 누워서 기다리고, 할 수 없는 동작 앞에서는 무리하지 않는다. 같은 공간 안에 있지만 각자의 리듬을 가질 수 있다. 거울의 용도는 다른 사람을 곁눈질하는 데 있지 않고, 내 몸의 균형을 바로 세우는 데 있다. 덕분에 흐트러지지 않고 끝까지 동작을 마칠 수 있다. 나에게 집중하는 법을 배우게 된다. 매일 같은 동작을 반복하지만, 정신과 몸이 건강해지는 이유다. 내 호흡에 맞춰 오롯이 나에게 집중할 수 있기 때문에.

우리가 하는 일은 왜 그렇게 되지 못할까. 어쩌다 힘들어하는 사람에게 나약하다는 누명을 씌우고, 무리해 일하는 사람에게는 박수를 쳐주는 문화가 되었을까. 나를 돌보는 것은 둘째 치고, 제대로 일을 끝마치기 힘든 날들이 일상이 된다. 매일 정해진 시간을 일하고 있는데, 무슨 연유인지 몸과 정신은 점점 숨이 찬다. '숨을 좀 쉬어'라고 말해주는 사람이 아무도 없기 때문이다.

채근하지 않으면 놓지 않고 끝까지 마칠 수 있을 텐데.

"힘들면 오늘은 거기까지만 하고 내일 해." 그 한마디가 왜 그토록 어려운 걸까.

　아무도 해주지 않는다면, 오늘의 나에게 말을 건네보자.

　"힘들면 내일 다시 시작해도 괜찮아."

아름다운 순간은 놓치지 말아요

약속 시간 전에 20분 정도 여유가 생겨 걷기로 한다. 지난주에는 제주도, 이번 주에는 내가 사는 동네에 벚꽃이 개화했다는 소식을 들었다. 기대하는 마음으로 걷는 동안 두리번대며 벚꽃을 찾았지만, 건물에 가렸는지 보이지 않았다. 약속 장소 근처에 다다랐을 때 어느 건물 주차장 뒤편, 허름한 칼국수집 너머로 벚꽃나무 뒤통수가 보인다. 설렁설렁 걸어가 활짝 피어 있는 한 그루의 벚꽃나무 앞에 섰다. 꽃잎 사이로 햇살이 비춰 땅에도 꽃 그림자가 져 있다.

"아름다워." 탄성이 절로 나왔다.

나무 앞에 한참을 서 있었던 나는 결국 약속에 늦고 말았다.

　집에 오는 길, 주위를 살펴보니 동네 아파트 단지 사이로 벚꽃 길이 이어졌다. 아침에는 왜 보지 못했을까 싶다가, 주말에 비가 오면 금세 져버리겠구나 했다가, 언젠가 서울에서 산책하던 시간까지 기억을 거스르기도 한다.

　그때 우리 동네에 정말 커다란 목련 나무가 있었는데….

　'그때, 그때…' 하며 떠올리는 것들 중에 대부분은 지금도 가능한 것은 없다. 이제 더는 할 수 없거나, 갈 수 없거나, 만날 수 없거나, 가질 수 없는 것들에 '그때'라는 이름이 붙는다. 오늘 아침 산책길에 본 벚꽃에 대한 이 짧은 감상도, 바삐 움직여야 할 젊음에 엉덩이 붙이고 뭐라도 쓰겠다고 기를 쓰는 것도 지금의 나라서 가능한 일임을 안다. 미래의 나는 항상 오늘의 나보다 현명하고 이성적이고 노잼일 테니까. 절대 오늘처럼 순간에 사로잡혀 살려 하지 않고 효율적으로 살려고 들 테니 말이다.

그러니 오늘 아침에는 산책을 하자.

2

우리 만남은
소중하니까

빈 몸과 빈 마음으로

화장실에 갈 때는 빈손으로 간다. 빈 몸으로 앉아 몇 초가 흐르면 적막 속에서 눈과 귀 그리고 몸이 가벼워지는 것을 느낀다. 그런 상태의 쓸모는 무궁무진하지만, 누가 뭐래도 전에 없던 생각이나 영감이 떠오를 때 가장 상쾌하다.

사람을 만날 때에도 빈 마음으로 만나면 좋겠다. 뭐라도 손에 쥐고 있어야 상대를 편하게 해줄 수 있다는 생각 혹은 상대와 동등하게 겨룰 수 있을 것이라는 어림짐작, 타인의 소중한 시간이 나로 인해 낭비되지 않았으면 좋겠다는 바람까지도 모두 버린 채로 만나면 좋겠다.

손도 마음도 무거워지는 만남이 갈수록 늘고 있다. 삶이
그런 만남으로 채워지는 건 아쉽다.

그러니 우리 빈 몸과 빈 마음으로 만나자.
그렇게 서로의 쓸모가 되어주자.

사랑의 시작

누군가 나를 바라보며 눈을 맞추고 미소 짓는 일

눈빛이 어떻게 마음에 와닿을 수 있을까

마음은 어떻게 눈빛을 알아차리게 되었을까

곰곰 생각해보니 그 감정의 시작은

다름 아닌 아빠의 미소

최초의 나를 바라보며 행복을 느꼈을 사람

따뜻한 눈길로 품속의 나를 바라보았을 사람

최초의 사랑은 누구도 아닌 아빠의 것이었다

어린 나는 아빠의 따스한 사랑을 내내 누리며 자랐기에

다른 누군가 사랑이 담긴 눈빛을 보내면

그 사랑을 느낄 수 있는 사람으로 자라온 것이 아니었을까

오랜만에 아빠와 마주 앉았다

다 큰 딸을 앞에 두어도

아빠의 눈빛은 여전히 빛난다

예전엔 아빠만이 가진

딸에게 보내는 미소라고 생각했지만, 이젠 알 수 있다

사랑하는 사람과 마주하면 지어지는

맑고 순수한 표정과 눈빛이라는 것을

아빠의 미소를 오랜만에 보고 나서야

지금껏 내가 받은 사랑에 대해 생각해본다

우리는 모르는 사이

이렇게 사랑받고 있다

나를 탓하지 않기로 해

어릴 적 처음, 부모님 탓을 하며 생떼를 부렸던 적이 있다. 다름 아닌 책상 때문에. 학교에도 있고, 다른 친구들 집에도 다 있는 책상이 우리 집에는 없다는 이유에서였다. 책상이 없어서 공부를 할 수 없다는 합리적이고 이성적인 열 살 아이의 생떼에 부모님은 몇 달 후 근사한 맞춤 제작 책상을 마련해주셨다. 그 후로도 한창 갖고 싶은 유행 아이템이 많았지만, 정작 그때는 기울어가는 형편을 탓하며 꾹 참았다.

대부분의 어른들은 우리가 자라는 동안, '환경을 탓하지 말고 주어진 자리에서 최선을 다하라'고 말한다. 그러나 오히려 이런저런 탓을 하면서 체득한 소질들이 나를 지켜주었다. 생떼를 부려 얻은 책상에 앉아 졸음과 사투하며 일종의 책임감을 그리고 내가 속한 환경을 탓하며 물욕 없이 사는 법을 배웠다. 어른이 되어서도 나는 자주 환경을 탓했다. 춥고 더운 옥탑방을 탓하면서 회사와 카페에서 버티는 법을 배웠고, 부당한 업무 환경을 탓하면서 남들보다 조금 일찍 다음 커리어를 찾아 나섰다.

환경을 탓하는 일은 달리 생각하면, 나에게 맞는 환경을 찾아가는 과정이기도 하다. 나의 첫 사회생활은 온종일 빨빨거리며 돌아다니는 영업직이었다. 고작 일 년 다녔는데 거기에 적응을 해버렸는지 이직한 두 번째 직장에서의 적응은 쉽지 않았다. 고3 수험생이 된 것처럼 책상 앞에 가만히 앉아 있는 연습부터 새로 해야 했다. 주변을 둘러보면 전부 꼼짝 않고 앉아 있는 사람들뿐이었다. 특히 디자이너는 망부석 같은 사람들이었다. 마감 기간이면 2리터짜리 물병과 간식을 옆에 두고 그 자리에서 미동 하나 없이 일했다. 모니터를 뚫어져라 쳐다보며 한 땀 한 땀 작업하고 있는 것을 보고 있으면 내 손목이 다 시큰거릴 정도였다. 슬쩍 다가가 괜찮은지 물어보면 오히려 이런 작업이 아무 생각 없이 혼자 조용히 할 수 있어서 체질에 맞다고 말한다. 사람을 만나고 대화를 하며 영감과 동기부여를 받는 나 같은 사람이 있는가 하면, 아무도 오늘 나에게 말을 걸어주지 않았으면 하는 사람도 있다.

　하루는 기자 동료가 취재하러 가는 회사에 업무차 소개해줄 사람이 있다며 동행을 제안했다. 오후에 미팅으로 서너 시간을 비웠기 때문에 다녀와서 야근을 해야 했지만, 전혀 억울하거나 분하지 않았다. 오히려 외부 미팅을 하면서 얻은 에너지가 다음 날을 보내는 데 도움이 되었다. 그 후로 나는 공식적으로 회사를 벗어날 수 있는 꼼수를 찾기 시작했다. 그전까지 내 업무는 주로 홈페이지를 관리하고 기자들의 기사를 재가공해 온라인 콘텐츠를 만드는 일이었다면, 한 걸음 나아가 웹툰 작가 혹은 필진을 섭외하여 온라인에서만 볼 수 있는 콘텐츠를 만들거나 내가 직접 찾아가 인터뷰를 하는 코너 속의 코너 같은 것을 만들었다. 이 모든 것이 미팅을 최대한 많이 만들어 회사 밖으로 나가기 위한 작전이요, 평소 만나고 싶었던 작가부터 스타트업 회사의 대표들을 직접 만나기 위한 사심 채우기였음을 뒤늦게 고백한다. 당시 사장님이 젊은 직원들의 새로운 시도를 전폭적으로 지지해주신 덕에 가능한 일이었다. 모든 작당에는 눈치와 타이밍이 필요하다.

지금 눈앞에 뭔지 정확히는 모르겠지만 답답하고 만족스럽지 않은 상황이 벌어지고 있다면, 우선 무엇 때문인지 생각해보아야 한다. 그리고 만약 내 잘못이 아니라면 한번쯤 환경에 비추어 생각해볼 필요가 있다. 단, 감정적인 영역은 잠시 넣어두고 이성적으로 접근하자. 적어도 자신을 꾸짖으며 스스로를 몰아세워 무기력에 빠지거나 '에라 모르겠다' 하며 바로 드러누워 잠을 자거나 먹고 죽자 식의 폭식과 폭음은 하지 말자. 우리가 하는 탓은 회피가 아닌 현재의 상황을 벗어나는 데에 그 목적이 있으니까.

탓하는 나를 자책하기 전에 '다음 스텝'을 고심할 의지와 용기가 있는지 먼저 물어보자. 답이 '예스'라면 그건 자신의 삶을 지키려는, 칭찬받아 마땅한 태도이니까.

그런 의미에서 좀처럼 세상을 탓하지 않는 자,
오늘은 스스로가 아닌 세상을 탓해볼 것!

우리의 관계

진정한 관계란 무엇일까. 어릴 적 교실이나 강의실 같은 공간 안에서 맺어지던 관계는, '사회'라는 세계를 만나는 순간부터 '의도'와 함께 맺어진다. 그리고 의도는 대개 '오해'를 동반한다. 오해가 '이해'가 되기까지 우리 사이에 주어진 시간은 대체로 짧다.

상대와 친해지고 싶다고 생각한 순간, 관계는 성립되는 것일까. 이성으로서 혹은 비즈니스 파트너로서 상대방이 좋아서 그와 친해지고 싶은 것인지, 직장이나 직위 때문에 상대방과 관계를 맺고 싶은 것인지. 나는 먼저 나의 의도를 되돌아본다. 누군가 이 관계를 오해하진 않을까, 오해하면 어쩌지 생각하면서. 그리고 진정한 관계를 맺기도 전에 관계 성립 자체를 포기한 적은 또 없었는지 돌아본다.

세상 어디에도 완벽하게 이해될 수 있는 관계란 없다. 마주 앉은 순간부터 우리의 관계는 이미 성립된다. 그러니 의식하지 말자. 나서서 오해하거나 이해하려 들지도 말자.

이제부터는 나와 너,
우리의 관계만 생각하자.

세상 어디에도 완벽하게 이해될 수 있는 관계란 없다.
마주 앉은 순간부터 우리의 관계는 이미 성립된다.

지켜줘서 고마워

- 토토, 내가 지켜줄게.
- 고마워, 도로시.

우리가 원하는 관계란 아주 간단하다. 〈오즈의 마법사〉
의 대사처럼 "지켜줄게, 고마워"라고 말할 수 있는 사이.

실은 그 한마디를 주고받지 못해서 스스로를 괴롭히며
자기 안에 갇혀 산다. 정작 상대가 다가오면 경계하면서.

경계를 풀어야 관계가 달라진다.

오즈의 마법사에 등장하는 허수아비, 양철 나무꾼, 사자가 그랬던 것처럼. 그들은 경계를 풀고, 도로시의 존재를 받아들이면서 본래 자신의 모습을 되찾을 수 있게 되었다.

언젠가 우리 앞에 도로시가 나타난다면, 흔쾌히 고맙다고 말해보자.

그들 안에서 잊고 있던 본래의 내 모습을 발견할 수도 있을 테니.

내 곁에 남아 소중한

    연초가 되면 여기저기서 무료 운세 링크를 보내온다. 관심 없는 척, 성의를 봐주는 척 링크를 열지만 정작 운세 결과가 나오면 액정 속 글자들을 주의 깊게 들여다보며 일일이 다이어리에 글을 옮겨 적는다. 특히 '올해는 동쪽에서 귀인을 만나게 됩니다'와 같은 대목은 형광펜으로 두세 번 밑줄을 긋기도 한다.

    연말이 되면 다시 다이어리를 펼쳐 1월부터 차례로 살펴보게 되는데, 다이어리를 한 장씩 넘기며 그해 만난 사람들 중 동쪽에서 만난 이가 누구인지, 올해 나의 귀인, 해가 뜨는 곳에서 후광을 비치며 내게 와준 귀한 사람이 누구일지

가늠해본다. 개중에는 이름만으로도 애틋한 사람도 있고, 떠올리기 미안한 이들도 더러 있어서 감정 에너지가 여간 쓰이는 게 아니다.

세상은 갈수록 삭막해진다고 하지만, 어쩐 일인지 내게는 특정 시기마다 한 명씩 귀인이 나타났다. 특히 20대에는 귀인들이 와르르 쏟아졌다. 그들은 세상의 기준에 나를 맞추고 타협하려고 할 때마다 '세상은 그렇지 않아' 하며 나타난 구원자들이었다.

사회에서 일로 만난 사이가 과연 얼마나 진심일 수 있을까 고민하던 시기에 현민 군을 만났다. 나보다 나이가 두 살 많은 현민 군은 대학생 커뮤니티에서 멘토를 하며 만나게 되었는데, 뒤풀이 자리에서까지 열변을 토하는 모습이 인상적인 사람이었다. 자신이 여태 고생하며 얻은 지식과 노하우를 나눠주는 모습은 흡사 아낌없이 주는 나무와 같았다. 초반에는 나를 잘 알지도 못하면서 '넌 잘할 거야', '잘하고 있어'와 같은 말을 자주 해주었기에 어니에서나 긍정과 응원의 기운을 뿌리고 다니는 사람처럼 보였다. 그런 그의 모습을 보면서 한때는 응원이 모두 빈말이라고 생각했다. 그러나 그는 매년 한결같이 내게 응원의 말을 전한다. 그런 그의 모습을 보며 '이놈 진심이구나' 생각하게 되었다. 그 후 새해가 되면 나도 그에게 응원의 카드를 보낸다. 지금도 우리는 여전히 서로를 응원하며 지내고 있다.

　　퇴사와 이직의 반복이던 내 직장 생활 중 가장 오래 버틴 회사에서 만난 사장님 역시 나의 귀인이다. 회사에서 나의 열정이 누구를 위한 열정인가 하는 고민을 하던 시기에 만난 분이자, 가족을 제외하고 유일하게 건강하신지 늘 안부를 여쭙게 되는 분이기도 하다. 당시 우리 회사는 그룹 내 사내 벤처로 시작한 조직이라 기껏해야 사장님 아래 대여섯 명의 직원이 전부였다. 그런 까닭에 대부분의 회의가 사장님의 주도 아래 이루어졌고, 매출을 채우는 것도, 작은 팸플릿 하나 만드는 일까지 사장님 손이 닿지 않는 것이 없었다. 그 와중에 아이디어와 패기로 똘똘 뭉쳐 있던 20대 후반의 나는 사장님과 쿵짝이 잘 맞는 직원 중 하나였다.

무엇보다 한창 읽고 쓰는 데 관심을 두던 때라 기자 출신의 사장님이 빨간 펜을 들고 짚어주시는 모든 것이 새롭게 느껴졌다. 어미 새가 아기 새에게 모이를 주듯 알려주는 대로 받아먹으며 1년을 배불리 보냈다. 지금은 정년퇴직을 하고 귀농을 하셨다는데, 아무쪼록 담배도 줄이시고 건강하셨으면 좋겠다.

이제는 매년 다이어리를 들춰 '올해의 귀인 찾기' 같은 것은 하지 않는다. 그만큼 만나는 사람이 줄었고, 그들 중 새롭게 사귀는 사람도 줄었기 때문이다. 나이가 들면서 자연스레 맞닥뜨리게 되는 상황이라는 것을 알면서도 가끔 우울해질 때가 있다. 관계의 스펙트럼이 좁아질수록 우물 안 개구리가 된 기분이 든다. 그래서 올해부터는 우물 안의 개구리가 되었다는 사실을 인정하고, 우물 안을 잘 관리하는 사람이 되기로 했다. 지금 내 곁에 있는 사람들은 그간 내가 만난 사람들 중에서도 나를 떠나지 않고, 결국 내 옆에 남아준 귀한 사람들이니까.

삶을 빛의 방향으로 이끄는 방법 중 하나는 내가 귀하게 여기는 사람들과 함께 살아가는 것이 아닐까? 살면서 누구와 관계를 맺고 누가 내 주변에 있는가에 따라 내 삶이 달라지므로. 그렇기에 지금 내 옆에 남은 사람들이 내 인생을 만들어준 귀인들이라는 것은 틀림없는 사실이다. 앞으로도 그들에 의해 나는 빛의 방향으로 나아갈 것이다.

서로가 서로에게 동쪽에서 오는 귀인이 될 수 있기를 소망하면서.

예감을 극복하는 자세

인간은 우리가 경험한 세계를 망각하는 탁월한 뇌를 가졌다. 추락한 적이 있더라도 다시 날 수 있는 날개가 눈앞에 보이면 이전의 일을 기억하지 못하고, 다시 그 일에 뛰어들기도 한다.

이를테면 '관계' 속에서도 우리는 다시 날개를 달곤 한다. 사람에게 상처받은 후 다시는 그런 상황을 만들지 않겠다고 다짐해도 또다시 상처를 받는다. 이제 그런 일은 반복하지 않겠다고 결심해도 뒤돌아선 새로운 관계 앞에서는 쉽게 상처를 허용한다.

그러니 아픔 앞에서 좀 더 자유로울 필요가 있다. 상처받지 말아야지 생각한다고 해서, 한 번도 상처받지 않을 수 없다. 실수하지 말아야지 다짐하더라도 실수는 일어나기 마련이다. 그렇다면 자연스럽고 편안하게 삶을 대하는 자세가 필요하다. 불안한 예감이 틀리지 않는다면, 그 예감을 극복하는 자세가 필요한 것이다.

예감이 틀리지 않는 날들도 그저 평범한 날들 중 하루다. 예감으로 가득 찬 어떤 하루도 내 인생의 한 부분이니까.

아픔 앞에서 좀 더 자유로울 필요가 있다.

상처받지 말아야지 생각한다고 해서,

한 번도 상처받지 않을 수 없다.

행복에 가까워지도록 도와주는 사람

살면서 누구도 질투하거나 미워하지 않는 방법은 그 사람을 좋아해버리는 것이다.

질투는 내가 갖지 못한 것을 상대에게서 발견할 때 드는 감정으로 여태껏 몰랐던 그 감정을 알고 나면 이전으로 되돌아갈 수 없다. 그때부터 질투는 결핍이 된다. 결핍은 우리에게 '일단 달리고 볼 것'을 명한다. 세상에는 채울 수 없는 결핍이 있음에도 우리는 그렇게 그 트랙 안에 서게 된다. 트랙에 들어선 이상 이 길고 고된 레이스를 계속해야만 한다. 짧은 생에서 결핍 레이스를 완주하는 일이란, 해탈에 버금가는 고행이 되기도 한다.

그러니까 그냥 질투한 상대를 내 곁에 두고 좋아해버리자. 인생에서 나의 결핍을 채워줄 사람이 있다는 건 행복한 일이니까. 그는 내가 결핍의 트랙에서 빠져나올 수 있도록, 나를 행복에 가까워지도록 도와주는 좋은 사람이다. 미움도 마찬가지다. 누군가 내 마음에 들지 않는 말이나 행동을 했을 때 그를 좋아해버리면, 그때부터 나는 그의 애호가가 될 수 있다. 내가 싫어하는 것들을 힘들이지 않고 솎아낼 수 있게 된다. 오롯이 애호하는 것들로 인생을 채울 수 있게 해주는 그 사람은 좋은 사람이다.

그러니까 그냥 좋아해버리자.

일상 속 이해와 오해

　누군가와 마주 앉아 밥을 먹는 일은 생각보다 힘이 세다. 사람을 단번에 현혹시킬 수도 있으며 이해할 수 없던 것들이 이해되기도 한다. 또 그와는 반대로 거대한 오해를 불러일으키기도 하는 것이다.

　처음 먹는 음식, 처음 가는 식당처럼 특별한 상황에서 모든 순간은 기억 속에 이미지로 저장된다. 그러면 언제라도 그 음식을 먹을 때면 그때의 감정이 되살아난다. 특히 20대 때에는 음식을 먹었을 때 느낀 애틋한 마음이 마주 앉은 사람의 온기를 결정하고는 했다. 반대로 그때 분노의 감정이 되살아나 밥맛이 뚝 떨어지는 경우도 더러 있다.

내게는 쌀국수를 처음 먹은 날이 그런 날이었다. 전날 팀 회식으로 과음하고 머리를 싸맨 채 해롱거리며 출근을 한 날이 있었다. 자리에서 거친 한숨을 내쉬면서 누가 보면 어쩌나 하고 고개를 들었는데, 내 상태를 걱정할 겨를도 없을 만큼 선배들도 상태가 온전치 못했다. 잠깐이라도 숨을 돌리려고 서둘러 외근 준비를 하고 사무실을 나섰는데, 선배 K에게서 문자가 와 있었다. "나 주임, 시간 되면 오늘 점심 같이 먹을까?" K는 한 해 먼저 입사한 여자 선배였다. 문자를 확인하고는 친한 동기에게 전화해서 어떻게 반응해야 할지를 두고 토론을 벌였다. 단지 선배라는 이유로 이유 없는 두려움과 긴장감에 휩싸여 있던 때였다.

　12시쯤 선배가 알려준 식당에 도착했다. 선배는 입장부터 군기가 바짝 든 나를 보더니 자리에서 웃으며 쌀국수로 해장한 적이 있는지 물었다. 이야기를 들어보니 아침에 얼굴이 노랗게 뜬 내가 걱정스럽기도 하고, 본인은 주로 쌀국수로 해장을 하는데, 그 개운함을 알려주고 싶어 나를 불렀단다. 어쨌건 그렇게 해장을 목적으로 인생 첫 쌀국수를 먹게 되었다. 그날 사발째 들이킨 국물이 어찌나 개운했는지, 몇 년 후에 베트남에 가서 현지 쌀국수를 먹으면서도 나는 그날을 떠올리기도 했다. 쌀국수로 해장을 한 그날 이후 나는 K를 많이 따르고 의지하며 지내게 되었다.

반대로 연애를 하면서 음식 때문에 상대에게 큰 실망을 했던 기억도 있다. 그때나 지금이나 나는 새로운 음식에 도전하거나 줄 서서 먹는 맛집을 크게 선호하지 않는 편이다. 그렇지만 상대가 새로운 곳에 데려가거나 줄을 서서 기다리자고 하면 기꺼이 동참한다. 생각도 못한 곳에서 의도치 않은 행복을 만난 기분이 들 때도 있기 때문이다. 한번은 후미진 골목 안에 있는 식당까지 일부러 찾아가 평양냉면과 만두를 먹으러 간 적이 있다. 가게 안은 평범했는데, 그 동네의 한적한 분위기와 담백한 만두 그리고 좁은 테이블에 붙어 앉아 밥을 먹는 사람들의 모습이 따뜻해서 내내 좋다는 말을 하며 밥을 먹었다. 연애 상대도 그런 내 모습이 좋았는지 그 후로 새로운 곳에 자주 데려가주었다.

하루는 그가 친구와 운동 중이었는데, 근처에 평양냉면 집에서 밥을 먹게 될 것이라고 이야기했다. 문득 주말에 못 보는 것도 서러운데 우리의 추억이 담긴 그곳에 친구와 간 다고 하니 마음에는 소심한 질투가 일었다. 게다가 나중에 알고 보니 함께 갔다는 친구 중에는 문제의 인물까지 포함 되어 있었다. 며칠 전부터 싸움의 발단이 된 친구인데, 더러 우리의 데이트를 방해하거나 그를 불러내 데이트 스케줄을 망치는 사람이었다. 그 사실을 알고는 여러 감정이 뒤엉켜 폭발해버리고 말았다. 이 일을 계기로 사람과 사람 사이에 절대 이해할 수 없는 일도 있다는 것, 이해란 지극히 주관 적인 것임을 알게 되었다.

어찌 되었건 밥은 매일 먹는다. 혼밥이 편하다지만 그렇 다고 매일 혼자 밥을 먹는 것 또한 그다지 맛있지 않은 것 도 사실이다. 같이 먹으면 덜 외롭기도 해서 우리는 가끔씩 함께 밥 먹을 상대를 찾는다. 허기를 채우기 위해 만나는 그 흔한 자리가 뭐 그리 힘이 세길래 이해와 오해 사이를 오가는 걸까? 인생에서 우리가 맞닥뜨리는 이해와 오해도 대부분 나란히 마주 앉아 밥을 먹는, 이 흔하디흔한 자리에서 벌어지는 경우가 대다수다.

그러나 그럼에도 불구하고 어쩌면 이해와 오해, 익숙하고 흔한 자리들이 쌓여 관계와 인연이 만들어지는 것은 아닐까?

마음에 상처가 났다고 해서

올해로 요리 경력 3년 차가 되었다. 시켜 먹는 음식에 질려 하루 한 끼 정도는 직접 만들어 먹자며 시작한 요리인데, 소질이 없는지 영 실력이 늘지 않는다. 김치찌개는 할 때마다 맛이 다르고, 그 쉽다는 된장찌개도 레시피 없이는 간이 맞지 않을 때가 많다. 요리하면서 유일하게 늘어난 것이 있다면, 손가락 여기저기에서 아물고 있는 상처들뿐이다. 얼마 전에도 감자전을 하려고 채칼로 감자를 썰다가 칼날에 찔렸다. 그러나 상처 나는 것이 두려워서 요리를 그만둬야겠다고 생각한 적은 없다.

다행히 양파나 고추를 채 썰거나 손질하면서는 다치지

않을 정도로 요령이 생겼다. 내가 가장 좋아하는 요리 손질은 마늘을 다질 때이다. 하나의 통마늘이 간 마늘이 될 때까지 다지는 일은 일종의 장인 정신을 요한다. 칼로 마늘을 무제한 내리칠 때면, 팔에는 당장이라도 근육이 생길 것처럼 힘이 들어가고 몰입할수록 머리는 멍해진다. 어쩌면 나는 불에 직접 요리하는 것보다 칼질에 취미를 붙인 것인지도 모르겠다. 요리를 하면서 느낀 또 하나는, 집중하고 몰입할 때 상처의 아픔도 사라진다는 사실이었다. 상처도, 아픔도 방심할 때 생기는 것들이다. 요리할 때 방심은 금물! 방심하지만 않으면 모든 상처는 크게 아프지 않다는 것도 깨닫게 되었다.

칼에 베이고, 넘어져서 생기는 상처 말고도 인간관계에서 오는 마음의 상처는 어떨까? 요리처럼 방심하지만 않으면 괜찮을까? 처음 만나는 상대와의 낯설고 긴장된 상황에서는 나도 모르게 함부로 대하거나 말이 잘못 나갈 확률이 낮다. 설사 상처를 줬다고 해도 상대는 상처가 난 줄도 모르는 경우도 있다. 오히려 상처를 준 사람이 상처를 기억해

죄책감을 갖는 희한한 경우가 발생하기도 한다. 한 번은 업무 미팅 차 만난 거래처 사람에게서 뒤늦게 사과를 받은 적이 있었다. 처음 뵙는 자리에서 괜한 말을 한 것 같다며 상처가 되었으면 죄송하다는 문자 메시지를 보내온 것이다. 상처받지 않아 의아한 문자였지만, 설령 엄청난 상처를 받았다고 해도 다시 안 볼 사람이라고 생각하면 상처는 금방 아물기 마련이다.

문제는 익숙하고도 가까운 관계일수록 방심하기 쉽다는 데 있다. 상처는 방심의 틈을 노리는데, 이때 상처받는 사람은 큰 아픔을 견뎌내야 한다. 특히 사랑하는 사람 앞에서는 작은 상처도 쉽게 넘어가지 못하는 상태가 된다. 단지 예민한 사람이라서 작은 일에 상처받는 것이 아니다. 관계에서 오는 상처는 마음에 달린 일이기 때문이다. 가까운 사이일수록 나를 알아줄 거라는 기대가 크기 때문에 작은 것에도 깊은 상처가 생기기도 한다. 그렇기에 서로가 상처 주지 않도록, 상처를 덜 받을 수 있도록 상대방을 이해하는 노력이 필요하다. 상처받으려고 사랑하는 사람은 없으니까.

    아주 가깝지는 않지만 생판 모르는 남이 아닌, 보통의 인간관계에서 겪어야 하는 상처들도 있다. 누군가 나를 무시했을 때 자격지심에서 오는 상처, 모두에게 사랑받고 싶은 마음 혹은 미움받고 싶지 않은 데서 오는 상처들이다. 이러한 상처들을 피하기 위해 우리는 남보다 뛰어난 사람이 되려 고군분투한다. 내면과 외면을 가꾸고 착하고 성실해지려고 애쓴다. 그러나 아무리 애써도 모두에게 사랑받을 수 없고, 누구에게도 미움받지 않을 수는 없다. 교류 없이 혼자 지내는 사람이 아닌 이상 상처는 피할 수 없는 것이다.

    이럴 때 우리가 명심해야 하는 것이 있다. 상처를 주고받는 것은, 우리가 서로의 어떤 점이 특별히 밉기 때문이 아니라 내가 나 스스로에게 관심이 많기 때문인 것이다. 내 부족하고 모자란 부분을 그 사람 때문에 계속 마주해야 하는 괴로움에서 상처를 받을 수밖에 없는 상황이 일어난다. 많은 사람들이 남보다 나에게 더 관심이 많기 때문에 우리에게 비교와 질투는 멈출 수 없는 존재이기도 하다. 이 과정에서 필연적으로 우리는 늘 상처를 주고받을 수밖에 없다는 걸 인지한다면, 상처의 주체는 내가 아닌 상대가 될 수 있다. 그러면 '나는 왜 매번 상처받을까?'가 아닌 '저 사람은 왜 매번 남에게 상처를 줄까?'라는 생각의 전환이 가능해진다. 이때부터 상처는 내 몫이 아니게 된다. 받은 사람이 아닌 준 사람의 몫이 되는 순간, 우리는 상처에 더 강한 사람이 될 수 있다.

칼에 베었다고 요리를 관둘 수 없듯이, 마음에 상처가 났다고 해서 관계를 멈출 수는 없다. 방심하지 않을 것. 그리고 상처에 강해질 것. 이것만 명심하면 우리는 상처와 마주할 용기를 얻을 수 있다.

방심하지 않을 것. 그리고 상처에 강해질 것.

이것만 명심하면 우리는 상처와 마주할 용기를 얻을 수 있다.

진심이 담긴 조언

    잡지사에서 일을 배울 때였다. 나는 주로 서울 충정로에 있었다. 서울역에서 걸어서 10분 거리에 있는 충정로 옛 골목에는 내가 일하는 빌딩을 제외하고는 아침에만 열리는 생물 시장, 노포라 불릴 만한 식당들, 철거를 앞둔 아파트가 있었다. 나는 그 빌딩 안에서 취재한 기사들을 온라인 플랫폼에 잘 보이도록 배치하고, 기업과 연계해 홍보 프로모션을 기획하는 일을 하고 있었다. 기자들이 취재하러 나가면 그때부터 해야 할 일이 넘쳐났지만, 정작 하는 것에 비해 이렇다 할 결과물은 없었다. 그럴 때면 하루 종일 모니터 앞에 앉아 있는 스스로가 무용하게 여겨지는 날들도 많았다.

조금이나마 나의 가치를 느낄 수 있던 때는, 아래층에서 일하는 PD님과 밥을 먹는 시간이었다. 함께 일하는 그는 밥 먹는 시간조차 휴대폰을 붙들고 있을 만큼 바쁜 사람이었다. 그는 기업의 담당자를 만나 새로운 사업을 제안하고, 예산을 확보하는 일을 맡고 있었다. 밥을 먹을 때조차 밥을 꼬박 챙겨 먹는 것이 왜 필수적인지 설명하느라 정작 자신은 밥 한 숟갈 뜨지 않는 바쁜 사람이었지만, 그러면서도 그는 아침 미팅 전이나 퇴근 후에 나를 불러 틈나는 대로 일에 관한 조언을 해주기도 했다.

나는 유독 그런 그를 따랐다. 그는 맡은 일에는 맹렬히 달려드는 사자 같은 기질을 가졌지만, 후배를 챙기는 경우는 잘 보지 못했으므로 나에게만 특별한 조언을 해주는 것 같이 느껴졌기 때문이다. 그는 단 한 번도 '이건 조언이니 잘 새겨들어'라는 말을 하지는 않았지만, 스스로 세운 일종의 '일 법칙'을 반복적으로 알려주었다. 그의 말을 생각나는 대로 정리하자면 다음과 같다.

첫 번째, 스토리가 있을 것. "매년 해오던 일이라도 작년과 올해는 달라. 그 전과 다른 이야기를 만들어야 해." 그는 반복적으로 되풀이되는 일일지라도 내가 어떤 이야기를 만드는가에 따라 다른 일이 될 수 있다는 것을 가르쳤다. 두 번째, 헤드라인을 생각할 것. "내일 신문 1면에 어떤 문장을 쓰면 좋겠어?" 대부분 이런 말들이었는데, 다른 기자들이 말할 때는 크게 와닿지 않는 말도 그가 하면 고심하게 되었다. 그는 당연한 것을 당연하지 않게 이야기하는 재주가 있기도 했지만, 상대가 어떻게 받아들일지를 상상하며 일하기를 즐기는 편이었다. 내일 이 신문을 볼 사람을 떠올리고 그가 어떤 문장을 읽게 될지를 상상하면서 헤드라인을 생각해보라고 하면, 나도 모르게 그를 따라 머릿속으로 상상을 하게 되었다. 그를 만날 수 있는 시간은 이른 아침이 아니면 모두가 퇴근한 저녁 시간이었다. 그럼에도 그를 기다리는 이유는, 마음을 열고 인생을 배울 수 있는 사람을 만날 수 있는 기회가 흔치 않았기 때문이다.

사람을 만나는 횟수는 나이가 들수록 늘어나는데 반해

조언을 해주는 사람의 수는 갈수록 줄어든다. 개인화되어 가는 사회에서 조언의 의미가 제대로 쓰이지 못하기 때문이다. '깨우쳐 도움을 주는 말'이라는 본래의 뜻을 벗어나 요즘의 조언은 '간섭하고 책임을 떠넘기는 말'이 되었다.

물론 누가 조언을 하느냐에 따라서 의미는 다르게 와닿을 수 있고 반응하는 태도 역시 달라질 수 있다. 나의 경우에는 가족이나 친구처럼 나를 오래 보아온 사람들이 해주는 조언은 절반은 귀담아듣고 절반은 흘린다. 그들의 조언은 주로 내가 상처받지 않았으면 하는 마음을 담고 있기 때문이다. 그들은 내가 도전하고 나아가기보다 지금 여기에서 안정적인 선택을 하기 바란다. 반면 학교 선배나 회사 상사처럼 업무상으로 혹은 표면적으로 만난 관계에서 이루어지는 조언은 귀담아듣는 척 수긍한다. 그러나 역시 오래 담아두진 않는다. 그들이 내게 건네는 말은 나의 입장을 고려해서 하는 조언이기보다 지극히 자신의 경험에 기반해서 늘어놓는 넋두리일 가능성이 크기 때문이다. 정작 본인은 진심을 담아 말하지만 상대에게 큰 울림을 주지 못하는 조언을 할 때가 많다. 그리고 일로 만난 사이지만 PD님처럼 나를 존중해주는 어른의 조언은 일단 수용한다. 무엇보다 그들의 조언에는 나에 대한 배려가 있다. 상황을 객관적으로 보되 감정에 따르지 않는 판단을 할 수 있도록 돕는다. 관계 역시 일회적이지 않고 지속적이라는 점에서 꾸준히 의견을 주고받을 수 있다. 살아가면서 그런 어른을 만나는 건 참 쉽지 않다.

그와 일하는 약 2년 동안 일 외에 다른 이야기는 거의 하지 않았다. 그러다 한번은 종로의 어느 바에 앉아 있다가 책 이야기를 한 적이 있다. 자신의 인생 책이라며 꼭 한번 읽어보라는 그의 말을 들으면서, 나는 괜한 두려움을 느꼈다. 그 안에 거대한 담론 같은 것이 들어 있을 것만 같았고, 그렇다면 아직은 받아들일 마음의 여유가 없을 것 같아서였다. 그와 함께 일하던 회사를 퇴사하고 몇 년이 지난 후에야 나는 서점에 가서 그 책, 양귀자의 《모순》을 찾아 읽었다. 젊은 20대 여성 안진진의 모순적인 삶을 그린 소설이었다. 소설을 통해 그가 내게 전하려던 말은 무엇이었을까?

그가 나에게 들려주고자 했던 인생의 말들을 찾기 위해, 이제는 그 소설을 더 천천히 곱씹어보려고 한다.

인생의 조언을 들려줄 어른을 만나는 것은
정말 어려운 일이니까.

모름을 지나칠 수 있는 용기

몇 해 전, 실업 급여 수급을 위해 고용센터에 갔다. 센터 교육장에는 20대부터 60대까지 다양한 사람들이 앉아있었다. 각기 이유는 달라도 실직으로 인해서인지 무표정인 사람들이 대부분이었다. 그래도 돈 이야기 앞이라 그런지 엎드리거나 조는 사람은 한 명도 없었다. 몇몇은 나눠준 종이 귀퉁이에 열심히 필기를 하기도 했는데, 내게는 이 모든 말들이 꼭 이렇게 들렸다.

"세상을 이해하려고 하지 말고 있는 그대로 받아들이세요."

세상에는 이해할 수 없지만 이해해야 하는 것들이 너무

나 많고, 내가 알고 있는 가치와 어긋나더라도 공감해줘야 하는 것들도 있다. 모든 것을 이해할 수 있으면 좋겠지만, 모든 일을 이해한다고 해서 문제나 갈등이 더 잘 풀리는 것도 아니다. 가끔은 모르는 것을 알고 싶지 않을 때도 있다.

그래서 때로는 대부분의 일이 나와는 관계없다고 생각하는 것이 더 편하다. 모르는 것이 더 나을 때가 있는 법이다. 세상을 이해하기 위해 노력을 쏟아야 하는 시간보다 나를 이해하는 시간이 더 필요하기 때문이다.

모르지만 알고 싶지 않은 것을 발견했을 때 가볍게 지나칠 수 있다면, 더 고민하지 말고 아는 것을 포기하는 것도 용기다. 모든 것을 따져가며 알아채기보다 때때로 그대로 받아들이는 연습도 필요하니까.

짧고도 긴 인생, 스스로 나를 괴롭히지 말자. 때로는 모르는 것을 보아도 알고 싶지 않은 내 마음을 지켜주자.

그러니까 지금 하고 있는 고민은 여기까지만.

적어도 그런 어른이 되고 싶다

노랑을 좋아한다. 보라도 좋아하지만 가장 오래 좋아하고 있는 색은 노란색이다. 지금도 책상 위 곳곳에는 노란색을 띤 물건들이 자리를 차지하고 있다. 개나리 노란색의 SEIKO 탁상시계, 크림을 살짝 섞은 듯한 연노란색 포스트잇, 연둣빛 노란색 형광펜, 노란색 커버의 책들. 이 외에도 노란색 A4용지 한 묶음과 노란색 러버덕 인형도 한 자리씩 차지하고 있다.

지금은 누구도 내게 좋아하는 색 같은 것은 물어보지 않지만, 어릴 땐 혈액형과 별자리 그리고 좋아하는 색이 친구가 되는 과정에서 빠지지 않고 등장하는 단골 질문 중 하나였다. 그렇게 친구 하나가 좋아하는 색을 물어오면 나는 2, 3초 정도 머뭇거리다가 "노랑…?" 하고 말했다. 신중한 아이라서 보라와 노랑 사이를 고민한 것은 아니었다. 당시 내 또래 아이들에게는 몇 가지 근거 없는 믿음이 있었는데, 그중에는 노란색이나 보라색을 좋아하면 성격이 유별나다는 괴상한 믿음도 포함되어 있었다. 한창 또래 친구들과 같아지고 싶은 욕망이 가득한 나이였기에, 어린 나는 좋아하는 색을 떠올리는 동시에 '분홍은 죽어도 싫은데, 파랑으로 할까? 노랑이라고 해도 나랑 친구 하고 싶어 할까…?' 그런 생각을 하지 않을 수 없었다. 나는 그 후로 자라면서 수없이 많은 눈치 게임을 치렀다.

그렇게 자란 내가 최근, 어쩐 일인지 눈치 없이 노란색 수영복을 샀다. 사이즈를 확인할 겸 거울 앞에 섰는데 불현듯 주변을 의식하며 머뭇거리던 그 시절의 내가 떠올랐다. 사람들이 이상하게 쳐다보면 어쩌지, 환불할까…? 다행히 광안리 해변이나 워터파크도, 주민센터 실내 수영장도 아닌 방콕 호텔 수영장에서 입을 수영복이었다. 외국인들 사이에서라면 괜찮을 것이라는 자신감이 생겨났다. 어릴 땐 같은 반 친구들, 지금은 익명의 한국인들이 나의 눈치 게임 대상인 셈이었다. 이제는 더 이상 눈치 게임을 이어가기 싫었다.

새로 산 노란색 수영복은 레몬 빛의 작은 도트가 빼곡히 박혀 있고, 뒤는 시원하게 파인 화려한 디자인이었다. 유치원 다닐 적에 입었던 진분홍색의 세일러문이 그려진 수영복 이후로 25년 만에 입어본 가장 화려한 옷. 만일 이 수영복을 엄마 아빠에게 보여드린다면 뭐라고 하실까? 아마 매일 검정, 회색, 고동색만 입는 딸에게 무슨 일이 생겼구나 생각하시거나 수영복 품평은 무시한 채 수영장에 대한 회고를 한 보따리 풀어놓으실지도 모른다. "어릴 때 니랑 니 동생은 안 가본 데가 없었는데. 매년 여름마다 수영장도 가고, 기억 안 나나?" 하시면서.

내가 그나마 선명하게 기억하는 그곳, 캐리비안베이. 캐리비안베이는 1996년 7월 '세계 최조 실내외 워터파크'라는 거창한 수식어를 앞세워 개장했고, 한창 놀러 다니기 좋아하던 우리 네 식구의 마음에 콕 박혔다. 입구부터 줄이 어마어마했던 건 기본이고 탈의실도 사람으로 북적거렸다. 엄마는 자기 수영복만 대충 갈아입고는 나와 내 동생을 발가벗긴 채 입구로 데리고 나와 수영복을 입혔다. 캐리비안베이는 다른 워터파크와는 달리 파도 풀과 유수 풀이 있었는데, 어디선가 부웅- 하는 뱃고동 소리가 울리면 동생과 나는 손을 맞잡고 아빠의 '하나, 둘, 셋!' 소리에 맞춰 뛰었다. 그러면 물을 먹지 않고 멀리까지 갈 수 있었다.

성인이 된 후에도 몇 번 더 그곳에 갔지만, 어릴 때처럼 놀 순 없었다. 친구들은 파도 풀을 심심해했고, 통 속에서 한없이 미끄러지는 물 미끄럼틀이나 슬라이드형 놀이기구에 흥미를 보였다. 그때마다 나는 벤치에 앉아 핫도그를 먹거나 온천 풀에 몸을 담그고 지나가는 사람들을 구경했다. 그때부터 캐리비안베이는 내게 그리움이 되었다.

세상에는 그대로인 것이 참 많은 것 같은데, 내가 자랐다는 이유로 달라져버린 것들도 너무나 많다. 노랑은 여전히 노랑이고 캐리비안베이도 그대로인데. 여전히 나는 노랑을 좋아하고 물놀이를 좋아하지만, 이제 더는 두 가지를 떠올리며 까르르 웃을 수 없게 되었다. 나는 그냥 자란 것뿐인데, 이제 예전에 좋아했던 것들을 떠올리면 웃음이 나기도 전에 슬픔이 먼저 와 있곤 한다.

어른이 된다는 것은 웃기 전에 슬픔을 먼저 알아차리는 사람, 결국 웃지 못하고 씁쓸한 미소를 짓는 눈치 빠른 사람이 되어가는 일이 아닐까. 동시에 노란색 수영복을 좋아한다면 주변 시선을 의식하지 않고 노란색 수영복을 입을 수 있는 사람이 되어야 하지 않을까. 그 슬픔이 대물림되지 않도록 말이다.

보라색을 좋아해도 괜찮다고 말해주는 사람. 노란색 수영복을 입어도 화사하다고 말해주는 사람. 그게 어른의 일이다. 적어도 우리는 그런 어른이 되면 좋겠다.

애증을 호감으로

아침에 눈을 뜨면 출근할 직장이 있고, 퇴근하고 돌아오면 내 몸 하나 뉘일 방이 있는 삶. 주말에는 합정과 광화문 사거리를 오가며 하고 싶은 것들로 나를 채우는 생활. 이런 생활은 20대 후반까지 유연하게 흘러갈 수 있었고, 그 시간 동안 나는 나름의 꿈도 키워갈 수 있었다.

어른의 꿈이라는 것은 뭘까. 생각해보면, 우선 나의 경우는 그리 거창하지 않다. 오히려 소박하고 현실적인데 그렇다고 쉽게 이룰 수 있는 것도 아니다. '오랫동안 좋아하는 일을 할 수 있을까?', '적당히 벌면서 행복할 수 있을까?' 하는 물음은 '돈'이라는 현실과 붙어 다니기 때문이다. 꿈과 돈의 균형을 고민하면서 매일같이 흔들리고 넘어지길 반복했다. 스스로 인생의 보람이 되고자 했던 내가 나에게 짐을 지게 한 것도 이 무렵부터였다.

인생 그래프를 그려보면 삶의 굴곡을 알 수 있다고 한다. 가로축에는 연도, 세로축에는 연봉을 기준으로 그래프를 그려보았더니 충동으로 요동치는 나의 인생 지점이 적나라하게 보였다. 신입 사원으로 입사했을 때 3천3백만 원이던 나의 초봉은 퇴사와 동시에 0이 되었다가, 6개월 후 새로운 직종으로 재취업하면서 곧바로 상승 곡선을 그렸다. 그러나 연봉은 전보다 낮은 2천만 원 후반이었고, 3년 후 IT 기업으로 이직하면서 간신히 초봉을 상회했다. 그러다가 서점으로 이직하면서 다시 추락. 누구에게도 내밀기 애매한 이 인생 그래프를 계속 그려갈 사람도, 응원해줄 사람도 오로지 나뿐이었다. 그사이 종종 들려오는 동기들의 연봉과 성과급 소식, 사주 주식을 받았는데 몇 억이 됐다는 이야기를 들을 때면 괜히 울적해졌다.

좋아하는 일, 잘하고 싶은 일을 지키기 위해 치러야 하는 심리적, 물리적 대가는 혹독했다. 선택에는 후회가 없었지만, 결과 앞에서는 한없이 나약해지기도 했다. 그 순간을 견딘다고 성숙해진다는 보장은 없었고, 어찌 되었든 선택을 했으니 받아들일 마음의 준비는 해야 했다.

직장을 옮길 때마다 오르막과 내리막으로 요동치던 연봉 노동자의 시기를 거친 후, 이젠 매달 밥벌이를 걱정하는 프리랜서가 되었다. 꿈과 돈의 균형 역시 새로운 국면을 맞이했다. 꿈을 키워주던 돈은 디딤돌에서 어느새 버팀목이 된 것이다. 이제는 각각 따로따로의 꿈이 아닌, 꿈과 돈의 현실을 함께 돌봐야 한다는 것을 알았기 때문이다.

큰돈을 버는 주변인들의 자랑 덕분인지, 나는 돈을 애증하게 되었다. 그러나 돈 생각은 전보다 더 많이 하는 것이 사실이다. 주머니를 채우기 위해서가 아닌, 꿈과 현실의 행복을 채우기 위한 생각으로. 그러면 어느새 애증도 약간의 호감이 된다.

인생 그래프는 여전히 오르락내리락하고 있다. 달라진 것이 있다면, 홀로 나를 채우기 위해 벌었던 동일한 액수의 돈을 손에 쥐어도 이젠 다른 무게처럼 느껴진다는 점이다. 꿈과 현실이 어우러지기 시작한 순간부터 꿈의 방향도 조금씩 틀어지고 있다. 그러니 나와 내 꿈과 현실을 위해 애증의 관계를 잘 달래보는 수밖에는 답이 없다.

3

세상을 향해
자유롭고 아름답게

소소한 웃음으로 행복한 하루

엄청나게 떠들썩한 인생을 바란 적도, 모두에게 인정받는 사람을 꿈꾼 적도 없는데 버티기 힘든 하루가 있다. 가끔은 모든 것을 내려놓고 사라지고 싶지만, 사라지는 일조차 준비 없이는 안 될 것 같아 떠나지 못하고 서성이는 날도 있다. 막상 가진 것은 없는데, 지켜야 하는 것은 왜 이리 많은지. 나는 왜 이리 부족하기만 한지.

머리를 싸매고 누워 고민해도 달라지지 않는다는 것을 이제는 안다. 대단한 것을 바란다고 해서 더 많이 채워지는 것도, 간절히 원한다고 해서 더 많이 가질 수 있는 것도 아니라는 것을 알게 되었다. 모든 것은 행복해져야 한다는 강박이 만들어낸 욕심일 뿐이다.

행복은 사실 소소한 웃음이 모여서 만들어진다는 것을, 이제야 조금 알 것 같다. 마음대로 되지 않는 인생을 버틸 수 있는 이유는 결국 작은 행복 때문이라는 것도.

오늘도 나는 무탈한 가운데
작은 웃음이 있는 하루를 소망한다.

내가 되는 꿈

무언가를 좋아하게 되는 최초의 순간에 이유를 찾지 말자.

'좋아서 좋음'의 상태. 좋은 것이 좋다는 식의 얼버무림을 벗어나 순수하고 본능적인 이끌림에 있는 그대로 흠뻑 빠져보는 것은 어떨까. 매년 버킷 리스트를 적듯 좋아하는 것의 가짓수를 늘려가는 일은 나를 알아가는 하나의 방식이다. 지구 중력의 방향을 내가 원하는 쪽으로 이끌어가는 시도이기도 하다.

문제는 이 위대한 시도, '진정한 내가 되는' 꿈을 꾸기에 현대 사회는 지나치게 많은 책무를 우리에게 떠넘긴다는 데에 있다. 지난 일주일만 돌아봐도 금세 알 수 있다. 내가 처리한 일들의 역할별 중요도를 순서대로 나열했을 때, 대부분 가정과 일터가 먼저였지 나의 자아는 뒷전일 때가 많았다. 그러나 순수한 나의 자아 예를 들어 직업이 피아니스트가 아닌데 하루 종일 피아노를 치고 싶은 나 또는 돌봄의 의무를 저버리고 낮에 등산을 가고 싶은 나를 맨 앞에 내세우기엔 아무래도 좀 꺼려진다. 그래서 서둘러 떠맡은 일들을 처리해보지만 어느새 밤은 찾아오고 방전된 몸만이 남아 있다. 하는 수 없이 침대에 누워 스스로를 다독인다.

'꿈속에서는 날개를 달고 훨훨 날아보자꾸나.'

일에 의한 직업적 성취, 가족과 함께 있음으로 느껴지는 정서적 안정감. 어느 것이든 내 삶의 행복을 이루는 축이 될 수 있지만, 한순간에 그 모든 것이 사라진다면 어떨까. 사라지지 않더라도 내 안에 나를 지탱하는 힘이 단단하지 않으면 잔잔한 바람에도 부러질 수 있다. 부지런히 나를 돌봐야 한다. 진정한 나를 만나고자 하는 시도를 통해 또 다른 축을 만들어야 한다. 그런 점에서 최진영의 소설《내가 되는 꿈》은 새로운 축을 위해 내가 만들고 답해야 하는 질문들을 마구 던져주는 멋진 작품이다.

　주인공 태희는 인간으로 태어나 죽을 때까지 한 번쯤은 마주할 수밖에 없는 인생의 여러 위기를 한꺼번에 맞닥뜨린다. 회사와의 이별, 연인과의 이별 그리고 할머니와의 이별까지. 그러던 중 태희는 10대 시절의 자신과 편지를 주고받게 된다. 그때의 나(10대 태희)가 바라던 삶, 되고 싶었던 꿈을 되새기는 태희는 무너진 현재의 자신을 회복해간다. 작가는 인터뷰에서도 마치 십 대의 태희처럼 말한다.

　　"'너 연봉 얼마야?', '직급이 뭐야?', '퇴사하면 뭐 할 거야?'를 묻는 것보다 '너는 지금 어떤 사람이야?', '어떤 사람이 되고 싶어?', '네가 좋다고 생각하는 사람은 어떤 사람이야?' 이런 것을 물었으면 좋겠어요."

　　　　– 〈내가 되고 싶은 사람을 생각해보자〉, 월간 채널예스, 2021.

나의 안녕을 묻는 일. 누구도 관심을 가져주지 않는다는 핑계로 방치하고 있다면 스스로에게 물어보자.

　오늘의 나는 무탈한지, 훼손되지 않았는지, 쓰다듬고 보듬어주자.

　내가 되는 꿈을 꾸자.

나를 사랑하기까지

    나는 10년째 몸무게가 그대로다. 달리 말하면, 그전까지 매년 최고치 몸무게를 경신하며 외모에 대한 자신감은 최 저치를 찍고, 다이어트에 대한 강박은 정점을 달렸다고 할 수 있다. 살이 찌지 않는 습관을 만드는 데 10년이 걸린 셈 이다. 다이어트에 가장 주요했던 두 가지는 운동과 금식이 었다. 지금도 저녁 6시 이후로 씹을 수 있는 음식은 피하면 서 간헐적 단식을 하며 지낸다. 몸무게가 늘지 않는 것은 무조건 식습관 덕분이다. 요가 학원에 수백만 원을 갖다 바 치긴 했지만 실제로 등록 일수의 절반 정도 밖에 가지 않았 다. 출석이 저조한 탓인지 몸무게에 드라마틱한 변화는 없 었지만, 갈 때마다 거울을 보며 오롯이 내 몸에 집중할 수 있는 시간이 되었다.

　살면서 한 번쯤 누구나 다이어트에 열을 올리는 시기가 있는 것처럼, 정신 건강에 있어서도 우리는 자유로울 수 없다. 심리학자 너새니얼 브랜든은 자존감이 현재 내 정신이 건강한지 아닌지를 판단하는 척도라고 말했다. 내가 나를 생각하는 마음이 건강하지 않다고 느낀다면, 육체 다이어트처럼 마음도 챙기고 보살피는 노력을 기울여야 한다는 것이다. 문제는 다이어트에 관한 노하우나 팁은 무수히 많이 있는데, 자존감을 회복하기 위한 방법은 찾기 힘들다는 점이다. 자존감 회복은 육체적 다이어트처럼 단기간에 효과를 보기도 어렵다. 그렇기 때문에 정신 건강을 회복해야겠다고 굳게 마음을 다잡는 태도가 가장 중요하다.

　흔히 나열되는 자존감 회복의 방법으로 '작은 성공을 반복적으로 만들어 성취감 느끼기'와 '오롯이 나를 위한 시간 보내기' 같은 것들이 있다. 보통 나는 두 가지를 동시에 추천한다. 내 몸을 관리하는 동안 필연적으로 내 마음을 돌보는 시간이 생기기 때문이다. 자그마치 10년이라는 시간이 걸리긴 했지만, 나는 운동과 식습관 개선으로 자신감을 되찾았고, 동시에 외모에 대한 강박도 사라지게 되었다. 습관을 만드는 시간은 내가 나를 사랑하기까지 걸리는 시간, 자존감 회복의 시간으로도 볼 수 있다.

　욕구를 가진 인간으로 태어났기에 매 순간 한결같이 나를 사랑할 수는 없다. 반대로 자기 자신을 대단하게 여기는 자의식 과잉 상태의 사람도 비교적 드물다. 대부분은 살아갈 힘을 내기 위해 매일 아침 '나 자신을 사랑해'라고 주문을 걸듯 스스로 동기 부여를 하며 오늘을 버티는 보통의 사람들이다. 그런 보통의 일상을 살다 보면 한 번은 유달리 내가 싫어지는 시기가 찾아오기도 한다. 나처럼 외적인 부분일 수도 있고, 열심히 해도 이것밖에 하지 못했다는 자괴감이 그 이유일 수도 있고, 하고 싶은 것은 많은데 할 수 있는 능력이 없을 때 드는 무능함 때문일 수도 있다. 더불어 다들 잘살고 있는 것 같은데 나만 불행한 것 같은 열등감까지 포함된다. 자존감이란 이 순간 무너짐 방지를 위해 필요한 일종의 면역이다. 평소 내 마음을 자주 돌아볼 수 있다면, 이러한 부정적 감정을 느끼더라도 오래 품지 않고 비교적 빨리 털어버릴 수 있다. 내 마음을 들여다볼 기회가 좀처럼 없는 인생의 시기 속에서 우리는 이 감정들에게 쉽게 무너질 수밖에 없다. 나만 그런 것이 아니라 보통의 우리가 모두 겪는 일임을 받아들이자. 그리고 할 수 있을 때 조금씩 단련하자. 타인과 나의 사랑에는 유통기한이 있을지 몰라도, 내가 나를 사랑하기까지는 얼마가 걸리든 상관없다.

생이 끝나는 그날까지
나는 나를 사랑할 수 있다.

깨달음을 차곡차곡

모든 깨달음은 밤도 낮도 아닌 은연중에 찾아온다. '한 가지 일만 하면서 살 수는 없겠다'는 나의 깨달음도 누군가 일러준 것이 아니라 서점을 오가며 우연히 마주하게 된 생각들 중 하나다.

서점 신간 코너에 가면 늘 책 표지를 펼쳐 앞 날개에 있는 '저자 소개'를 읽는다. 이는 흡사 카페나 만남의 광장 앞에서 나를 스쳐지나가는 사람들을 구경하는 일과 비슷하다. 저자를 소개하는 페이지엔 에세이와 경영, 인문 등 장르에 따라 천차만별이지만, 대부분 저자의 직업이 적혀 있는 것을 볼 수 있다. 살펴보면, 소설가를 제외한 많은 저자가 작가 외의 본업을 가지고 있다. 자기 계발서를 쓴 사람들은 대개 회사 대표나 구글과 페이스북 같은 IT 기업 종사자, 금융회사와 NGO 단체에서 일하는 직장인이다. 마케팅이나 심리학 서적은 관련 학과 교수이거나 의사인 경우가 많고, 에세이 작가는 주로 방송 작가가 많았다. 저자 소개란을 펼쳐보면 예전보다 직업군이 훨씬 다양해진 것을 볼 수 있다. 디자이너는 물론이고 간호사, 소방관처럼 특수 업종에 종사 중인 사람들도 작가로 활동하는 경우가 많아졌기 때문이다. 그들의 소개에는 본업과 작가 외에도 유튜브를 하거나 카페를 운영하고 있다는 설명이 추가로 붙기도 한다. 매주 서점에서 사람들의 직업을 구경할 때면 여러 생각이 스친다. '언제까지 이 일을 할 수 있을까?', '작가로 먹고살 수 있을까?', '슬슬 다음 스텝을 준비해야겠다'와 같은 크고 작은 인생의 깨달음이 생겨나는 것이다.

사람은 하루 평균 6천 번 이상의 생각을 한다고 한다. 생각을 많이 한다고 해서 달라지는 것은 없겠지만, 오늘 내 앞에 놓인 은연중의 깨달음, 그것을 차곡차곡 주워 모으는 행위는 충분히 유익하다.

　오늘 불현듯 찾아온 아이디어나 깨달음이 있다면, 그것이 달아나기 전에 얼른 주워담자. 100세 시대, 이제 한 가지 직업으로는 평생을 먹고살기에 부족한 세상이다.

오늘 내 앞에 놓인 은연중의 깨달음,
그것을 차곡차곡 주워 모으는 행위는 충분히 유익하다.

출근을 위한 다짐

'직업으로 일하면 월급을 받고,
소명으로 일하면 선물을 받는다.'

백범 김구 선생의 말이다.

직업을 단순히 생계 수단으로 여기는 사람에겐 일시적인 재화만 주어지지만, 누군가의 부름을 받아 나에게 맡겨진 마땅한 일이라는 의식을 가지고 일을 하는 사람에게는 그 이상의 것이 되어 돌아오기도 한다. 작게는 스스로를 지킬 수 있는 힘이 되어주며 이웃과 세상을 도울 수 있는 선물이 주어지는 것이다.

우리보다 먼저 살고 간 사람들이 활자에서 활자로 남겨
둔 말이니 허투루 여기지 않고 메모해둔다.

출퇴근 지옥철에 몸과 마음이 지친 날, 매주 월요일 출근
길마다 꺼내볼 수 있도록.

그날의 자아

매일 가는 카페라도 그곳에서 전과 다른 '나'의 모습을 발견할 때가 있다. 한번은 LP와 책으로 벽장을 가득 채운 카페에 들어갔다가, 반대편 벽에 영상을 볼 수 있는 스크린이 설치되어 있는 것을 발견하고선 친구에게 소리쳤다.

"여기에 서점 차리면 좋겠다. 손님 오면 영화도 같이 보고, 음악도 같이 듣는 그런 곳이면 너무 좋겠다. 그치?"

친구는 의아한 표정을 지으며 나를 바라보았다. 꼬박꼬박 들어오는 월급을 받으며 저녁과 주말이 있는 삶이 최고라고 말해놓고 이제 와서 무슨 이야기를 하느냐는 듯이. 나도 알고 있었다. 그간 내가 말해온 것들과는 큰 모순이 있다는 것을.

따지고 보면 세상은 모순덩어리다. 그리고 이 모순은 우리에게 많은 가능성을 가져다주기도 한다. 별 생각 없이 말한 이야기가 아이디어가 되고, 다르게 생각한 표현이 때로 기쁨을 주는 것처럼.

아무도 모를 일이다. 어제와 달리 오늘의 자아가 나를 새로운 길로 이끌어줄 수도 있는 일이다.

그러니 어제와 다른 내가 되었다고 해서 겁내지 말자. 지극히 자연스러운 정신의 신비다. '이렇게 될 줄 저도 몰랐어요'라고 말하는 성공한 유명인들의 익숙한 한마디처럼, 아무도 모르는 사이 그날의 자아가 나를 발전시킬지도 정말 모를 일이다.

해방의 기분

　해방. 좀처럼 입으로 내뱉거나 손으로 끄적인 적조차 없는 단어. "시험 끝! 해방이다!"라고 외쳐본 유년의 기억 또한 없다는 것을 드라마 〈나의 해방일지〉를 보며 뒤늦게 실감한다. 물론 시험이 끝나면 친구들과 떡볶이도 먹고, 동전 노래방에도 곧잘 갔었다. 그러나 내 머릿속에는 틀린 문제가, 그것도 3번과 4번 둘 중에 한참을 고민해 찍었는데 결국 틀려버린 문제들이 잊혀지지 않았다. 개운하지 않다. 홀가분한 마음이나 자유로운 기분이 들어야 해방이라는 말도 떠오를 텐데, 무언가를 끝내고 나면 회피나 도피 같은 단어가 먼저 떠오른다. 책임을 저버리고 도망치는 기분이 싫어서, 그런 불행이 나에게 오는 것이 싫어서.

사람들은 가져본 적 없는 것들을 꿈꾸고 정원을 가꾸듯 삶을 가꾼다고 말한다. 가져본 적 없는데 어떻게 꿈을 꾸나. 나는 단 한 번이라도 가져본 것을 다시 갖게 되기를 꿈꾼다. 사랑과 우정 같은 것들을. 그러나 내 것을 만들고 가꾸는 일에는 불안이 생기기 마련이다. 잘하고 싶은 마음이 클수록 실패가 차곡차곡 쌓이고, 책임은 나 혹은 내 주변 사람이 떠안게 되는 것을 여러 번 경험해온 탓이다.

　　그렇게 지난 나의 결정들을 돌이켜본다. 엄청난 결심을 한 것 같았는데, 실은 책임질 수 있을 만큼의 용기를 낸 것뿐이다. 삶을 뒤흔들 만한 결정이라고 생각한 것들이 실은 갈등을 줄이기 위한 도피였다. 나는 해방의 기분을 느껴본 적이 없다.

　　이참에 홀가분한 마음, 자유로운 기분을 주는 것들을 찾아보면 어떨까. 그것들을 전부 모아 정원을 만들어도 좋겠다. 철마다 피고 지는 꽃과 나무처럼 계절이 바뀌고, 상황이 변할 때마다 다른 종류의 홀가분함과 자유가 내게 찾아올

지도 모르니까. 그렇게 되면 복잡하고 분주한 세상 속을 아무리 헤매며 살더라도 불안하지 않을 것 같다. 창문을 활짝 열고 환기해도 괜찮을 것 같다.

이참에 홀가분한 마음,
자유로운 기분을 주는 것들을 찾아보면 어떨까.
그것들을 전부 모아 정원을 만들어도 좋겠다.

행복을 습관처럼

삶이 매일 축제와 같다면, 영원히 행복의 바다에서 헤엄치며 살 수 있을 텐데….

그럴 수 없다는 것을 우리는 잘 알고 있다. 오히려 너무나 잘 알기에 작은 일에도 감사하고, 한 사람의 인연도 소홀히 여기지 않으며 하루를 헛되이 보내지 않으려고 노력한다. 사실 우리는 매일 행복에 닿을 수 있는 작은 실천들을 연습하면서 각자의 축제를 벌이고 있는 셈이다.

요즘 내가 연습하는 행복의 습관은 '말하기'다. 말을 할 때 상황을 설명하는 대신에 마음을 표현하면 좀 더 행복해질 수 있지 않을까 생각이 들었기 때문이다. 얼마 전, 멀리 사는 동생에게 집에 오라고 말을 꺼내던 참이었다. 평소 같으면 "아무리 바빠도 그렇지. 몇 달째 집에 한 번을 안 오느냐" 하며 타박의 말을 했을 텐데, 이번에는 "못 본 지 오래돼서 엄마가 보고 싶대. 올 수 있으면 꼭 와" 하고 말했다. 그러자 역시나 반응이 달랐다. 전에는 못 갈 것 같다며 사납고 거칠게 답했었지만, 이번에는 부드러운 말투로 '갈 수 있으면 가겠다'라는 대답이 돌아왔다.

매일 축제를 벌일 수 없는 우리가 행복과 이웃이 될 수 있는 방법은, 결국 행복을 습관으로 만드는 것뿐이다.

나도 상대도 행복해질 수 있는 작은 실천을 반복하다 보면 언젠간 서로에게 축제 없이도 축제의 기분을 안겨줄 수 있지 않을까.

내일의 장르는?

행복에는 몇 종류가 있는데 사람은 그중에서 자기 몸
에 맞는 행복을 골라야 한다고 생각해. 잘못된 행복을
잡으면 그건 손바닥 안에서 금세 불행으로 바뀌어버려.
아니, 더 정확하게 말하자면 불행이 몇 종류인가 있을
거야, 분명. 그리고 사람은 거기서 자기 몸에 맞는 불행
을 선택하는 거지. 정말로 몸에 맞는 불행을 선택하면,
그건 너무 잘 맞아서 쉬이 익숙해지기 때문에 결국에는
행복과 분간하지 못하게 되는 거야.

- 시바타 쇼, 《그래도 우리의 나날》, 문학동네, 2018.

행복과 불행이라는 두 개의 깃발이 있다면, 나는 과연 어

떤 깃발을 들게 될까. 소설을 읽을 때마다 문장이 아름답거나 그 안에 생각할 거리가 있으면 밑줄을 그어놓는다. 이 문장은 후자의 이유로 필사해두었다가 심심할 때마다 꺼내 읽었다. 그러면 매일 마침표로 끝나던 문장이 오늘은 잠시 느낌표였다가, 다시 물음표가 되어 '이 점에 대해서 너는 어떻게 생각하니?' 하고 묻는다. 네가 하는 일이 네 몸에 너무 잘 맞아서 그것이 행복인지 불행인지 분간하지 못하는 것은 아니냐고.

답을 고심하던 중에 배시시 웃었다. 문장에서 흥미로운 두 가지를 발견했기 때문이다. 그중 한 가지는 '문장은 장르에 따라 달리 해석될 수 있다'는 점이다. 만일 자기 계발서에서 위의 문장을 발견했다면, 아마도 그다음 문장은 이렇게 쓰이지 않았을까. '나에게 주어진 운명이 불행뿐이더라도 이 장애물을 넘어서면, 결국 그곳에 있는 진짜 행복을 발견할 수 있다. 타임지 선정 세계에서 가장 영향력 있는 여성 오프라 윈프리 또한 불우한 어린 시절을 보냈지만, 지금은 그것을 행복으로 바꿔내지 않았나. No Pain, No Gain!

삶은 절대 우리에게 불행만을 주지 않는다.' 혹은 태도에 관한 에세이였다면, 지난 회사 생활에 대한 에피소드를 한 보따리 풀어놓은 다음 이렇게 말할 수 있을 것이다. '당시에는 이 모든 불행이 나를 갉아먹으리라 생각했지만, 선배들의 말처럼 한참이 지나고 나서야 그것이 성장을 위한 거름이었음을 알게 되었다. 행복과 불행은 어디에 방점을 두는지에 따라 달라질 수 있다.' 마지막으로 인문학이었다면, 철학자 칸트의 말인 '할 일이 있고, 사랑하는 사람이 있고, 희망이 있다면 그 사람은 지금 행복한 사람이다'를 인용하며, '이 명제가 충족되는 이상 그것은 불행이기보다 행복에 가까울 수 있다'와 같이 쓰이지 않았을까. 장르가 달라지면 해석도 달라진다.

두 번째 발견은 내 인생의 장르를 정하는 것은 나이지만, 보통 우리가 자신의 삶을 해석할 때, 이렇게 일일이 장르를 따지고 내 성향에 견주어 판단하기까지가 쉽지 않다는 점이다. 드라마 〈나의 아저씨〉의 대사처럼 한 3만 살쯤 되면 가능할지도 모르지만, 한 번뿐인 생에는 그럴 만한 시간도

여력도 없다. 그렇기에 내가 경험한 것을 토대로, 자주 읽고 보면서 믿어온 바에 의해 살아간다. 오랜 시간 나의 장르는 '천방지축 직장인의 생존기'였다. 이 장르에 사는 동안 나에게 행복은 곧 모험이었다. 여기서 '모험'은 오지 탐험이나, 번지점프처럼 신체적 위험을 무릅쓰는 일은 아니다. 어디에 있건 앉은자리에 오래 머무르지 않겠다는 방랑자의 모험, 철마다 새로운 일을 만들고 즐겁게 해내겠다는 직업적 모험 그리고 엉망진창의 삶을 직접 체험하려는 소설적 모험에 더 가깝다. 계절이 바뀔 때마다 직장인 시계로는 3-6-9 단위로, 두 가지 선택지가 생기면 늘 더 모험적인 쪽에 베팅하면서 나는 행복을 느끼곤 했다. 한 번도 '이것이 내 몸에 맞는 불행인가?'에 대해서는 생각해보지 않았다. 불행을 생각하면 괜히 불행해질 것 같았기 때문이다. 그냥 내 선택을 믿어주고 싶어서.

행복에서 꽃향기가, 불행에서 악취가 나는 것도 아니었기에 내가 만든 믿음을 나는 계속 믿어왔다. 그런데 이제는 모험이 내 몸에 맞는 불행처럼 느껴진다. 익숙한 행복의 또 다른 이름이 불행이라는 듯이. 어쩌면 장르를 바꿀 때가 되었다는 운명적 계시일지도 모를 일이다.

장르에 따라 인생이 여러 갈래로 해석될 수 있다는 것은 참 흥미로운 일이다. 오늘 내 장르는 무엇일까. 내가 선택한 장르가 나를 어떻게 해석하고 있을까. 실은 행복이라고 느끼는 지금이 몸에 꼭 맞는 불행이라고 하더라도 상관없다.

내일은 내일의 장르가 있으니까.
내일의 장르를 선택할 수 있는 사람 역시 나니까.

행복에서 꽃향기가,

불행에서 악취가 나는 것도 아니었기에

내가 만든 믿음을 나는 계속 믿어왔다.

'시도'를 가볍게 받아들이기

말은 입 밖으로 나와 소리가 되는 순간부터 나를 떠난다. 분명 내 입에서 나온 말이지만, 어떻게 해석될 것인가에 대해선 이제 그 책임은 상대방에게 달려 있게 된다. 이러한 연유로 우리는 같은 말이라도, 상대가 어떻게 받아들이느냐에 따라 바위처럼 무겁거나 돌멩이처럼 가벼워질 수 있음을 알아야 한다. 우리가 무심코 던지는 말 중 '그냥 하는 말', '별말 아닌 말' 같은 것은 없다. 전적으로 가벼운 말이란 존재하지 않는다.

그럼에도 일상에서 흔히 하는 말 중에 무심코 가벼이 내뱉는 말이 종종 있다. 예를 들어 시도의 의미를 담은 말을 내뱉는 순간을 생각해보자. 새로운 시도를 앞두고 있는 친구가 "나 이거 못할 거 같아."라고 말했을 때 으레 하게 되는 대답은 "해보지도 않고 어떻게 알아. 시도는 해봤어?"이다. 물론 상대를 응원하기 위한 의도로 할 수 있는 말이지만, 한 번쯤은 재고의 여지가 있다. 나 역시 이 말을 숱하게 들어왔고 또 다른 누군가에게도 해왔던 말이지만, 내 의도는 무조건적인 응원이었다. 진정으로 상대의 고민을 헤아린 후에 건넨 말인지 생각해보면, 부끄러워지는 순간이 더 많다. 요즘에는 자격증, 다이어트 광고에도 '시도'에 대한 문구가 자주 등장해 우리에게 마치 '시도하지 않는 자, 유죄'라고 선고를 내리는 것만 같다. 죄책감과 함께 행동을 유도하는 이 말. 과연 시도의 무게는 몇 그램일까.

20대의 나에게 시도는 '끼니'를 생각하듯 자연스러운 말이었다. 오늘 점심 뭐 먹지? 학생 식당 메뉴를 고민하듯이 내일은 어떤 시도를 해볼까 생각했다. 당시 내 노트북은 검정과 와인색이 반반 섞인 삼성 센스 X360. 매일 노트북을 가방에 넣고 다니던 나는, 틈만 나면 새로운 시도를 할 수 있는 것들이 있는지 찾아보곤 했다. 노트북 즐겨찾기 탭에는 공모전과 대외활동 소식이 업로드되는 사이트와 강연, 클래스 소식을 알려주는 주소들이 주를 이루었다. 어린 나는 참가비를 확인하며 누구와 같이 하면 좋을지 리스트를 만들고 계획을 짜곤 했다. 나에겐 이 모든 과정이 전부 '시도'의 일부분이었다. 막상 공모전에 도전하지 않더라도, 가능성을 고민하는 과정에서 전에 몰랐던 것들을 깨닫게 될 때가 많았다.

시도는 분명한 수치나 결과를 요구하지 않는다. 낯설고 새로운 환경에서 도전을 마음먹기까지 준비 기간을 가지는 것만으로도 충분히 만족과 보람을 느낄 수 있다. 20대에 이것저것 재고 따져보는 각종 시도가 필요했던 이유는, 하고 싶은 것은 넘쳐나지만, 학교 수업이나 아르바이트 등으로 시간은 부족하고 내가 잘하는 것이 뭔지도 모르는 상황에서 막무가내로 시도할 수 없어서다. 함부로 도전할 수는 없어도 마음껏 시도는 해볼 수 있었던 그때, 나에게 시도의 무게는 1그램 정도의 솜털처럼 가벼웠다. 덕분에 그때만 해도 여기저기 이 말을 흘리고 다닐 수 있었다. "시도는 해봤어?"

사회생활이 시작된 후로는 시도할 기회가 자주 주어지지 않는다. '인생은 실전'이라는 말처럼 그때부터는 모든 것이 도전이기 때문이다. '내가 잘할 수 있을까' 생각하기도 전에 '나는 잘 해내야만 해'라는 결론이 내려진다. '열심히'가 아니라 '잘'하는 것이 중요하다. 그리고 그 '잘'하는 것의 기준과 판단은 내게 있지 않고 상사의 평가와 매출이라는 숫자에 달려 있다. 아이러니한 것은 온도차다. 분명 나에게는 이 일을 해내는 것이 큰 결심을 가지고 하는 도전인데, 상사는 가벼이 "시도해봐" 정도의 뉘앙스로 말한다. 지금까지 해오던 방식으로 최선을 다해도 이번 달 주어진 목표를 달성할까 말까 하는 도전적인 상황에서 팀장님은 "뭐 새로운 거 없어?" 하고 묻는다. 목표는 기본이고, 우리에겐 늘 새로운 시도가 필요하다고 주장한다. 이러한 온도차를 경험하며 '시도'라는 말에는 급격하게 살이 붙기 시작했다. 그러면 이때부터 시도는 과정이 아닌 '보여주기식 결과물'이 된다. 가령 주어진 시간 안에 해낼 수 있는 것은 A안과 B안인데, 새로운 시도를 보여주기 위해 야근을 자처해 만들어내는 C안과 같은 것이다. 어차피 채택되지 않겠지만 그래도 시도는 했다고 말하기 위한 결과물. 1그램의 솜털이 1킬로그램의 아령이 되는 순간이다. 시도가 결과가 되어버리는 순간, 보람은 사라지고 만다. 대신 그 자리에는 부담이 자리한다.

내가 원하든 원치 않든 인생은 도전을 요구한다. 죽은 삶이 아닌 이상 도전을 계속해야 할 의무가 있다. 그러나 시도는 다르다. 결과 없이 과정만으로도 보람을 느낄 수 있는 일상의 시도들이 많아져야 한다.

시도라는 말이 결과 없이 과정의 단어로만 쓰일 때, 우리는 수많은 시도와 시행착오를 겪으면서도 동기부여를 느낄 수 있다. 전에는 느껴보지 못했던 보람과 인생의 행복을 찾는다면, '시도'는 가볍게 말하는 단어가 아니라 가볍게 받아들일 수 있는 단어가 되지 않을까?

일상을 모험처럼

　분명 모든 일이 예상대로 혹은 예상보다 훨씬 잘 되어 가고 있음에도, 내 일상은 딱히 즐겁거나 신나지 않을 때가 있다. 특별할 것 없는 보통의 날들이 내가 살아 있다는 사실조차 느끼지 못하게 하고 있다면, 우리에게 필요한 건 일상의 모험이다.

　우선, 모험은 왜 필요할까? 현대를 살아가는 우리는 지루한 일상을 참을 수 없는 고통으로 느끼기 때문이다. 책 《모든 것은 빛난다》에 따르면 중세까지 우리는 올바른 행동 기준이라는 것을 갖고 있었다. 결혼을 하고 나서는 불륜을 저지르면 안 되고, 아이를 낳으면 양육에 힘을 쏟아야 하고, 나이 든 부모님을 모시는 생의 일련의 과업들이 그렇다. 신의 은총 아래 이미 설계된 과업을 달성하는 것이 인생의 의미처럼 느껴지기도 하는 것이다. 그러다가 근대에 들어와서는 '실존'이 중요해졌다. 이때부터는 전과 다르게 내가 살아 있는 존재인지 느낄 수 있는가 없는가, 이 삶이 과연 좋은 삶인가 하는 것이 더욱 중요해졌다.

올바르게 사는 것만이 아니라 더 나은 삶, 행복을 추구하게 된 것도 실존주의적 삶에 기반한다고 할 수 있다. 단순히 생각해봐도 알 수 있다. 아침에 시끄러운 알람 소리에 깨서 대중교통을 타고 출근하며 정해진 시간 내에 해야 할 일들을 처리하고, 식당에서 주는 밥을 먹고, 집에 와서 씻고, 별일 없이 잠자리에 든다면? 아무 일도 일어나지 않은 평온한 일상이지만, 이 평온함을 5년, 10년 지속하며 살 수 있을까? '내 삶이지만 이건 너무 지루하잖아'라고 하면서 이 지루한 이야기 속에서, 내 삶에서 빠져나오고 싶어질 것이다. 이러한 연유로 우리는 일상에서도 모험을 해야 하며 언제든 시도할 수 있어야 한다. 특별한 날에는 특별한 이벤트를 만들고, 매일 반복되는 하루에 한 가지 작은 변화를 줄 수 있는 모험가가 되어야 하는 것이다. 모험이라고 해서 배낭을 짊어 메고 떠나거나 비행기 티켓을 끊을 필요는 없다.

> 인간 존재의 확장은 무엇에 관심을 가질지를 결정하는 데 있지 않고, 이미 관심을 기울이고 있는 것을 발견하는 데 있다.
>
> −휴버트 드레이퍼스·숀 켈리,
> 《모든 것은 빛난다》, 사월의책, 2013.

위의 말처럼 우리가 삶에서 관심을 기울이는 것들은 이미 많다.

다른 것보다 이 일을 할 때 좀 더 잘하고 싶은 마음이나 최선의 것을 찾고자 하는 관심을 스스로 갖게 될 때, 그것이 내가 좋아하는 일일 가능성이 크다. 주의할 것은 내 관심사를 찾을 때 타인에게 휘둘리거나 착각하지 말아야 한다는 것이다. 평소 선망의 눈길로 지켜보던 사람이 등산을 좋아한다고 해서 1년에 한 번도 가지 않는 등산을 갑자기 시도할 수는 없는 것이다. 카페 투어를 하며 사진 찍는 지인이 멋져 보인다는 이유로 그 멋짐을 흉내낼 필요 또한 없다. 오히려 예전에 좋아하던 것을 오랜만에 다시 시도해보거나 해보고 싶었지만, 미처 해보지 못한 것을 하게 될 때 신선함을 느낄 수도 있다. 그러한 연유로 한동안 나는 밤마다 스케치북을 펼쳐 붓펜으로 글씨를 썼다. 어릴 적부터 마음 한편에 글씨를 예쁘게 써보고 싶다는 생각이 있었는데, 무료하고 잠 못 드는 밤마다 실행에 옮긴 것이다. 매일 쓰는 일기를 캘리그래피 작업이라고 생각하자 괜히 예술 활동을 하는 기분이 들었다. 단어 하나하나에 전보다 관심을 갖게 되었다.

관심 분야를 정한 다음에는 '보는 법'을 배워야 한다. 이제부터는 필연적으로 실험하고, 실패하고, 다시 시도할 수 있는 약간의 용기와 시간이 필요하다. 특히 코로나19 이후 달라진 일상에서 가장 필요한 시도가 아닐까 싶다. 프리랜서인 나에게는 그랬다. 사무실 없이 자유롭게 일하는 입장에서 코로나19 이전에는 카페에서 일을 하다가 작년부터 꼼짝없이 집에 갇혀 있는 생활을 하게 된 것이다. 카페에서 일할 때는 굳이 노력하지 않아도 되는 일들도 집에서 할 때는 달랐다.

한결같이 맛있는 커피, 카페 주인이 선곡한 기분 좋은 재즈 음악, 화창한 오전 통창으로 쏟아지는 햇살, 비 오는 밤 창밖 천막으로 떨어지는 빗소리, 갓 구운 빵 냄새가 알려주는 배꼽시계, 사람들의 드나듦과 적당한 백색 소음. 이 모든 것이 내 작업 환경을 최적으로 만들어주었다. 그 안에서 나는 매일 살아 있는 존재였다. 같은 공간에서 반복적인 하루를 보내고 있다는 생각은 했지만, 실은 매일 다른 일상을 보내며 살아 있음을 느끼던 것이었다.

집에서는 누구도 나 대신 음악을 틀어주지 않는다. 밥 먹을 시간을 알려주는 것은 기껏해야 미리 시간을 맞춰놓은 알람 시계뿐이다. 가만히 집 안 책상에 앉아 있으면 날씨를 느낄 새도 없이 시간이 흐른다. 이런 시간들이야말로 기계적이고 무의미한, 권태롭게 흘러가는 시간인 것이다. 위기를 느낀 나는 일상의 변화를 만들기 위해 몇 가지를 시도해보기로 했다. 눈을 뜨자마자 일기 예보를 살피고 오늘 작업할 공간을 정한다. 날이 화창하면 창문이 난 쪽으로 테이블을 둔다. 책상에 1리터의 물을 올려놓고 수시로 마시면서 화장실에 갈 핑계를 만든다. 자리에서 일어난 김에 음악을 듣거나 과일을 꺼내 먹으며 잠시 쉬는 시간을 갖기도 한다. 그러다가 괜히 서재에 가서 꽂혀 있는 책을 뒤적이기도 하고 눈에 든 책이 있으면, 또 한참 동안 책을 읽다가 기분을 전환한 뒤에 책상 앞에 앉아 남은 일을 한다. 매일 같은 공간이지만 오늘의 기분에 맞는 최선의 동선과 쉼을 찾다 보니 어느새 나는 내 방 여행자가 되어 있었다. 이젠 침묵과 고요가 지루함이 아닌 명상처럼 느껴지기 시작했다. 내 숨소리를 듣고 몸의 움직임을 하나하나 관찰하는 행위에서 다시 살아 있음을 느낀다.

'무의미와 권태, 무표정과 불안으로' 살기를 바라는 사람은 없다. 게다가 일상의 모험가가 되는 일에는 아주 작은 용기만 있으면 된다. 일상에서 모험가로 산다는 것은 어쩌면 나에게 작은 관심을 더 기울이는 것, 조금 더 부지런해지는 것. 이러한 사소함이 모험의 종착역에서 어제와는 또 다른 나를 만나게 하는 것이다.

그러니 떠나자.

일상 속 작은 모험의 세계로!

다시 걸으면 돼

언젠가 여행지의 작은 숲을 헤맨 적이 있다. 머리 위로는 태양이 뜨겁게 내리쬐고 있었지만, 숲에는 축축하고 서늘한 기운이 서려 있어 작은 소리에도 흠칫 놀라 뒤를 돌아보기 바빴다. 혹여 숲에 있는 이름 모를 짐승이 나에게 달려들지 않을까 겁이 나서 뒤꿈치를 들고 종종걸음으로 빠져나왔다. 그제야 숲을 제대로 들여다볼 수 있었다. 초록색의 푸르름과 작은 새들의 날갯짓, 청설모가 나무를 오르며 부스럭거리는 귀여운 소음들까지도. 숲을 나오고 나서야 숲에 다녀온 하루가 애틋해졌다.

인생에도 숲을 헤매고 있는 것처럼 느껴지는 시기가 있

다. 아무리 따사로운 빛이 주위를 비추고 있어도 내 안에는 내가 만들어낸 모종의 서늘함과 외로움이 존재한다. 그 안에서 나는 누구도 돌봐주지 않는 사람, 오로지 무시와 공격의 대상인 것만 같아 숨을 내쉬는 것마저 조심스럽다. 그럴 때는 그곳을 빠져나오는 것이 상책이다. 빛과 어둠은 공존하는 것. 외로움이 걷혀야만 비로소 나를 향해 손을 내미는 작고 따뜻한 빛과 마주할 수 있게 된다. 그때서야 비로소 작은 빛으로도 인생을 다르게 볼 수 있는 밝은 눈이 생긴다.

그러면 그때,
다시 인생으로 걸어 들어가면 된다.
두 번째 숲이 있는 그곳으로.

나의 아름다운 세계

영화 〈윤희에게〉에서 새봄은 엄마의 옛날 카메라로 사진을 찍는다. 필름은 늘 사진관을 운영하는 삼촌에게 맡기는데, 하루는 삼촌이 "인물 사진은 왜 안 찍느냐"라고 묻자 새봄은 이렇게 답한다.

"나는 아름다운 것만 찍어."

삼촌이 다소 철학적이라고 말한 이 대사는 이후에 새봄이 찍게 되는 유일한 인물에 주목할 수 있게 만드는 장치가된다. 그리고 그 인물의 아름다움에 대해 생각하게 한다. 또 새봄이 사진 속 인물을 얼마나 사랑하고 있는지 짐작하게 한다.

영화 속 새봄처럼 카메라를 드는 날이면, 나는 영화 장면을 떠올리며 내가 찍었던 것들을 되짚어본다. 그리곤 내가 찍은 것들의 아름다움, 나를 아름답게 찍어주는 사람의 아름다움, 그런 '아름다움'을 생각한다.

언젠가 "넌 세상을 너무 아름답게만 봐"라는 말을 들은 적이 있다. 그때만 해도 나의 긍정을 의심하기 바빴는데 지금은 오히려 그것들을 찾고 모으기 바쁘다. 내 눈에만 아름답게 보이는 것.

나를 아름답게 봐주는 사람들과 함께하는 시간들을 전부 끌어모아 한곳에 두면 어떨까. 이야기를 만들어도 재밌겠다. 그건, 한 사람의 세계를 보여주는 일이 될 테니.

내 안의 꾸준함

가끔 내가 꾸준한 사람인지 아닌지 헷갈릴 때가 있다. 가령 소설가 박완서는 1970년 등단 이후 40여 년 동안 장편과 단편 소설, 산문집과 동화를 포함해 150편이 넘는 글을 꾸준히 썼다고 한다. 일본의 소설가 무라카미 하루키는 일흔이 넘은 나이에도 매일 정해진 시간에 달리기와 글쓰기를 꾸준히 한다고 한다. 그들에 비하면 나의 꾸준함은 내세울 만한 것이 못 된다. 밥 먹고, 잠자고, 숨 쉬는 것 말고도 하루도 빼놓지 않고 매일 지속 가능한 것이 있는지 묻는다면, 할 수 있는 대답이라곤 "간헐적으로 마감 시즌에는 매일 책상 앞에 앉아서 몇 자라도 글을 끄적이긴 합니다만…" 정도다. 이런 내가 과연 꾸준한 사람이 맞는 걸까?

자세히 들여다보면, 좋아하는 일에 있어서는 나름대로 꾸준한 편이다. 하루 한 달, 1년, 10년이 지나도 지겹거나 지루하지 않은 일. 매일 책을 읽고 커피를 마시는 일을 비롯해 취향 혹은 기호로 삼을 수 있는 것들, 예를 들어 다섯 살 때부터 좋아한 순두부를 지금도 꾸준히 찾아 먹고, 노랑이나 보라색을 좋아한지도 햇수로 20년이 넘었다. 사람을 좋아하는 일에도 한번 마음먹으면 상대가 내칠 때까지 여간해선 포기하지도 않았다. 좋아하는 일을 꾸준히 했을 때 세상은 대체로 내게 다정한 결말을 가져다주었다. 내가 한결같이 성실하고 끈기 있게 좋아한 것들이 어느 순간부터는 나를 사랑해주기도 했다. 그들에게 사랑과 위로를 받는 상황의 역전이 종종 벌어지기도 하는 것이다. 어쩌면 나는 다른 어떤 것도 아닌, 내가 좋아하는 것들로부터 가능한 오래 사랑받고 싶어서 그들을 꾸준히 좋아한 것인지도 모른다.

반대로 선호와 관계없이 지겨움을 무릅쓰고 꾸준히 해야 하는 일에는 최대한 게으름을 피우거나 고도의 심리전을 발휘해 미워하지도 미움받지도 않으려고 한다. 여기에는 생존과 관련된 것들이 대부분이다. 가령 집안일은 하루 중 정신적으로 가장 힘들 때 해치운다. 머리가 힘들 때 몸을 쓰면서 자연스레 생각을 비울 수 있기 때문이다. 출퇴근 스트레스를 줄이기 위해 남들보다 일찍 출근하고 늦게 퇴근한다. 아무리 집에서 일찍 나와도 나보다 먼저 아침을 시작하는 사람들이 있는데, 버스 안에서 그들과 함께 출근길에 오르면 알 수 없는 안도감을 느낄 수 있다.

반대로 퇴근을 늦게 하는 방법은 야근이 아니라 직장 근처에서 저녁에 시간을 보낼 수 있는 거리들을 마련하는 것이다. 입사 초기에는 어학원이나 운동을 등록해 퇴근 지옥철 시간을 피했다. 나중에는 술자리가 잦아지는 바람에 택시를 타고 귀가하는 횟수가 늘었지만, 어쨌든 덕분에 8년 동안 출퇴근하며 지옥철 스트레스를 받은 기억은 거의 없다. 시간을 절약해야 그만큼 좋아하는 일에 더 많은 시간을 쓸 수 있다.

이분법에 익숙해진 탓일까. 위대하다고 이름난 사람들만

큼 꾸준히 뭔가 하지 못하면, 어디 가서 "저는 꾸준한 사람입니다" 말하는 것이 부끄럽다. 그러나 기준을 조금 낮추고 자세히 들여다보면, 우리는 대부분 자신의 삶에 꾸준하다.

다만 매 순간 한결같을 수는 없기 때문에 기호에 따라, 선택적으로 꾸준하다는 점에 있어 다를 뿐이다.

'무엇이든 꾸준히 하면 된다.' 오래전부터 미덕으로 여겨 온 이 말에 해당되지 않을 사람이 있을까? 인생은 희극과 비극의 연속이지만, 어쨌든 계속해서 흘러간다는 것을 우리는 모두 알고 있다. 각자의 삶에 충실할 때, 평가를 두려워하지 않고 내 삶을 살아낼 때, 무엇이든 꾸준히 하면 된다는 선조들의 말이 비로소 통할 수 있지 않을까?

그러니 내 안의 꾸준함을 더 발휘해보자.

그게 어떤 것이든, 그건 분명 지금보다 더 나은 인생의 빛이 되어줄 것이다.

시작은 서툴지만

    강의나 북토크를 하면 빠지지 않고 등장하는 질문이 있다. '하고 싶은 일이 있어도 시작이 어려워요', '시간 관리 어떻게 하세요?' 질문자의 의도와 그날 행사의 분위기에 따라 뉘앙스는 조금씩 달라지지만, 시간 관리에 관한 나의 태도는 변함이 없다. 깨어 있는 시간을 늘리거나 해야 하는 일의 시간은 줄이고, 하고 싶은 일의 시간은 늘려나가세요. 그리고 여기에는 어김없이 두 가지 전제가 붙는다. '절대 시간'이 필요하다는 점과 '시작에 서툰 우리'라는 것을 명심해야 한다는 것이다.

    지금 하고 있는 일, 해야 하는 일의 시간을 줄이는 것은 이미 충분한 '절대 시간'을 들여 전보다 숙련된 상황일 때 가능한 일이다. 반대로 하고 싶은 것, 원하는 것을 할 수 있는 시간을 늘리는 일은 우린 아직 서툴기에 때론 많은 시간을 확보해야 할 때가 있다. 매일 3시간씩 10년을 하면 누구나 전문가가 될 수 있다는, 소위 '1만 시간의 법칙'을 따른다고 해서 내가 무엇이 되어 있으리라는 보장은 없다. 그러나 어떤 분야든 단순한 관심과 호기심을 넘어 그 세계에 발을 들이기 위해 절대 시간이 필요하다는 믿음은, 거스를 수 없는 인생의 법칙처럼 따라다니며 지칠 때마다 나를 일으켜 세웠다.

이제는 자면서도 내가 얼마를 버는지 세는 시대라고 한다. 사람들은 '억만장자 제프 베이조스는 잠자는 시간에도 시간당 896만 달러를 벌고 있다'는 말을 진지하게 주고받으며, 어떻게 하면 잠자는 시간에도 소득 활동을 할 수 있는지 고민한다. 전부 잠든 시간에 활동할 수 있는 시스템을 만들어 남들보다 시간을 두 배로 쓰고 싶은 걸까. 취미 활동에 있어서도 시간에 대한 태도는 변하고 있다. 매주 주말, 시간이 날 때마다 틈틈이 하던 개인의 취미 활동은 이제 2시간 만에 마스터할 수 있는 클래스를 듣는 것으로 대체되고 있다.

몇 년 전 이런 서비스들이 막 나오기 시작할 무렵이었다. 책을 읽은 사람들끼리 이야기를 나누는 독서 모임에 매월 3~10만 원의 참가비를 내고 참여하는, 독서 프로그램이 있다는 말을 듣고 반신반의한 기억이 있다. 그런데 주변에서 하나둘 참여하는 지인들이 생겨나더니, 책 읽기 어려운 세상에 같이 읽고 이야기하는 데 높은 만족도를 느낀다는 후기들이 들려왔다. 처음에는 '그 돈을 내고 왜 모르는 사람들이 모여서 같이 책을 읽지?'라고 생각하다가 나도 점점 그곳을 기웃거리게 되었다. 나중에는 서점에서 유료 독서 모임을 만들어 직접 운영하기까지에도 이르렀다. 그러면서 알게 된 것은 우리 모두가 '시간에 대한 소유욕'을 지니고 있다는 점이었다. 시간은 돈이었다. 하나같이 바쁜 사람들이다 보니 우리는 오늘 하루가 1분 1초도 빠짐없이 알차기를 바란다. 그래서 잠이 든 시간까지 소득 활동을 고민하지 않으면 안 되는 것이었다.

우리의 모든 시작은 서툴다. 서툴다는 것은 모든 생명체에게 동일한 조건이다. 태어나자마자 걷고 뛰는 아기가 없듯이 어떤 시작도 효율의 잣대로 측정할 수 없다. 이 당연한 사실을 이제 막 어른이 된 우리는 자주 잊는다. 시작부터 달리려고 한다. 그러다 넘어지면 다시 일어설 힘을 잃기도 한다.

　옆에 있는 선배들이 너무 빠른 속도로 앞서 나가고 있어서이기도 하고, 나보다 앞서 나가는 누군가가 눈에 자꾸 아른거리는 탓일 수도 있다. 아직 아무것도 해놓은 것이 없는데, 일과 삶의 균형을 맞추라는 사회 분위기도 한몫한다. 덕분에 우리는 모두 서툰 사람들이 된다. 각자에게 주어진 삶의 속도와 방향이 있다는 것, 그것이 인생이라는 것을 자꾸만 잊게 되는 것이다.

　일하다 보면 가끔 이런 말을 하는 상사가 있다. '맡기면 다 하게 돼 있어." 신입이 감당할 수 없는 수준의 업무를 쥐여주고는 맡겼으니 해내라는 식의 태도다. 상사도 사람이기에 속마음은 빨리 성장해서 도움이 되어주길 바라는 마음으로 하는 말이겠지만, 나는 이런 상사를 보면 적어도 한 번은 말을 한다. "경력직도 아니고 신입이 그걸 어떻게 해요"라고. 아무리 일을 잘한다고 하더라도 이제 막 시작하는 그들에게는 시간이 필요하다. 새로운 환경에 서툴 시간이.

초등학교 1학년이 맨 처음 배우는 과목 중에 〈봄〉이라는 과목이 있다. 예전 교과 과목 〈바른 생활〉, 〈슬기로운 생활〉이 합쳐서 〈봄〉이라는 과목이 되었다고 한다. 첫 장에서 아이들은 학교에 어떤 시설들이 있고, 어디에 무엇이 있는지 알아보는 시간을 갖는다. 운동장에 축구 골대와 정글짐이 각각 어느 곳에 있는지, 급식실과 강당은 어디에 있는지를, 서툴지만 스스로 찾아보면서 감각을 익히는 것이다. 이제 시작이니까, 서툴지만 하나씩 배워가는 기회를 주어야 그들도 자기 자신에게 소중한 시간을 내어주는 법이다. 우리는 가끔 공들인 시간만큼 버틸 수 있는 힘을 기른다는 것을 잊곤 한다.

지금 내 앞의 시간을 소유하지 못해 급급해하고 있다면,

자신의 '절대 시간'을 위해 노력하는 우리 모두가 '시작에 서툰 사람'임을 잊지 말았으면 한다.

처음은 모두 서툰 법이다.

'도피'가 필요한 이유

약속 없는 주말에는 꼼짝없이 침대에 누워 잠을 잔다. 배고픔과 화장실 가는 것도 잊은 채 깨어나면 곧바로 다시 잠을 청한다. 영원히 깨어나지 않았으면 좋겠다는 생각이 머리를 스친다. '내일은 내일의 태양이 뜨겠지만, 나는 침대 위에서 영원히 잠들어 있기를…!'

나중에서야 이런 생각과 행동이 우울증의 한 증상이라는 것을 알게 되었다. 많은 사람이 주말만 되면 의욕이 없다는 이유와 잠에 대한 보상 심리로 수면 과다에 빠진다. 이러한 증상은 현실을 부정하고, 현실에서 회피하고 싶어서 잠의 세계로 도피해버리는 '도피성 수면 장애'에 해당된

다는 것이다. 충분히 그럴 수 있다고 생각한다. 누구에게나
우울한 감정은 주기적으로 찾아오고, 현실은 늘 도피처를
필요로 하는 법이니까.

인간이란 본능적으로 다른 세계에 기웃거리기를 좋아한
다. 특히 손 내밀어도 닿을 수 없는 세계라면, 없던 매력도
생겨나 우리를 빠져들게 한다. 이전에 없던 새로운 세계는
현실에서 나를 분리시켜주는 힘을 가지고 있다. 이런 도피
처라면 꽤 매력적이다. 도피가 항상 나쁜 것만도 아니지
않을까.

어릴 적 나의 최초의 도피처는 〈이상한 나라의 폴〉이라
는 제목의 만화였다. 현실 세계가 멈춰 있는 동안 4차원 세
계에 가서 모험을 하고 대마왕과 싸우는, 일종의 시간 여행
판타지물이었는데, 어쩌면 이때부터 시간 여행이라는 세계
에 매력을 느끼게 된 것인지도 모른다.

이제는 만화 대신 영화를 보거나 책을 읽으면서도 70년

전 뉴욕, 100년 전 경성을 상상하고 그 세계로 도피하는 순간이 즐겁게 느껴진다. 1950년대를 배경으로 하는 영화 〈브루클린〉은 젊은 아일랜드의 청년 에일리스가 뉴욕 브루클린이라는 세계에 발을 들이며 벌어지는 이야기를 그리고 있다. 낮에는 백화점 점원으로, 야간에는 대학생으로 지내는 그녀의 이야기를 보는 내내 나는 다른 세계에 있는 것 같은 착각을 느낀다. 뉴욕에 가보지 못해서 느끼는 새로움이라기보다는 이제는 갈 수 없는 1950년대의 여객선, 백화점, 음식점 등을 배경으로 한다는 점에서 이상한 나라의 폴을 볼 때와는 또 다르게 과거로 시간 여행하는 기분이 든다.

얼마 전에는 전시회에 갔다가 100년 전의 경성 거리를 걸었다. 1920년대 거리를 만화로 재구성한 전시실에서 VR을 쓴 채로 당시의 전차에 올라타보기도 하고, 제비 다방에 앉아 노래를 듣기도 하고, 손기정 선수의 마라톤을 응원하기도 했다. 바로 옆 전시실에는 미술관의 전신인 동아일보 사옥의 모습을 그대로 재현한 사무실이 있었다. 그곳의 옛날식 타자기를 비롯해 당시에 발행된 신문과 벽 한쪽에 붙어 있는 구호들을 보고 있자니, 광화문 대로를 가로질러 창문 사이로 보이는 인왕산이 지금의 산이 맞나 싶은 착각이 들기도 했다. 그때 유일하게 여기자로 일했다는 단발머리의 허정숙 기자가 된 것 마냥 나는 사무실에서 남자 기자들 사이에서 일하는 상상도 더했다. 지금 내가 서 있는 이곳의 100년 전 사람들은 나와 얼마나 달랐을까. 그리고 얼마만큼 비슷했을까? 이런 생각을 하면 마음이 편안해진다.

결국 현실을 도피하려는 마음에 새로운 세계를 찾지만, 우리는 그곳에서 다시 현실을 잘 살아갈 수 있다는 위로와 힘을 얻고 돌아온다. 특히 가보지 못한 미래가 아닌 이미 지나간 과거를 그리워하는 까닭은, 이미 경험한 그들에게서 지금의 나를 구제받고 싶은 마음 때문인지도 모른다. 당신은 먼저 다 겪었으니까, 당신처럼 잘 이겨낼 수 있게 힘을 달라고. 다른 세계에서 만났지만 우리의 꿈은 같다. 같은 꿈을 꾸는 사람들을 만날 수 있다면 도피란, 우울도, 장애도 아닌 행복의 나라로 떠나는 일이 될 수 있지 않을까?

그러니 오늘 하루,

이 세상에서 나를 탈출시켜

행복한 도피의 세계로 떠나보기를!

결국 현실을 도피하려는 마음에 새로운 세계를 찾지만,

우리는 그곳에서 다시 현실을 잘 살아갈 수 있다는

위로와 힘을 얻고 돌아온다.

4

내일은
더 행복할 거야

나다운 결심 나다워질 결심

노벨문학상 작가 아니 에르노는 오토 픽션(auto-fiction), 즉 자서전(autobiography)과 소설(fiction)을 혼합한 형식의 글을 쓴다. 경험하지 않은 것은 쓰지 않는다는 그는 자신의 글에 등장하는 인물이 자신은 아니지만, 허구 또한 아니라고 말한다. 예컨대 이런 방식으로.

1958년 여름방학 캠프에 간 건 내가 아니지만, 열여덟 살의 여자아이는 실제로 그곳에 있었다.
1963년 생리가 일주일 넘도록 시작되지 않아 불안한 대학생은 내가 아니지만, 그날 이후 일어난 모든 크고 작은 사건들은 내 수첩에 기록되어 있다.

작가는 자신이 지나온 인생에서 지울 수 없는 사건을 순수하게 복원해내기 위해 '그때의 나'와 '현재의 나'를 분리한다. 그때의 나와, 지금의 나는 전혀 다른 사람이다. 그러므로 '그때의 나'의 이야기를 써야 한다면, '그때'로 돌아가야만 가능한 것이다. 그러한 연유로 그의 글은 등장인물의 이름이 무엇이든 '아니 에르노의 이야기'로 읽히는 것이다.

우리는 곧잘 '~스럽다', '~답다'라고 말하지만, 그것이 자기 자신에 관한 것이라면 조금은 망설이게 된다. 스스로 '나답다'라고 말할 수 있는 것이 과연 있긴 할까. 나만 해도 그렇다. 나다운 선택, 나다운 삶, 나답다는 것은, 과연 무엇을 의미하는 것일까? 이러한 것들이 인생에 어떤 영향을 미치고 내 삶을 얼마나 장악할 수 있는지 아리송할 때가 참 많지 않은가. 몰라서 궁금하고, 확신할 수 없으니 직장을 바꾸고, 사는 곳을 바꾸고, 책장의 책을 바꾸며 우리는 계속 나다움을 찾아 헤맨다.

사춘기를 지나면서부터 나는 또래 친구들과 나의 정신

적, 정서적 다름 그리고 그 외의 사고방식 등의 다름에 대해 예민하게 반응하기 시작했다. 나는 어떤 사람인가, 나는 왜 다른가, 다르다는 것은 좋을까 나쁠까…. 꼬리에 꼬리를 무는 인생의 질문들도 시작되었지만, 여전히 지금도 이 질문들은 도돌이표처럼 이어질 때가 많다. 어떠한 마침표도 찍지 못한 채.

그렇다고 아무것도 하지 않은 것은 아니다. 진정한 나를 찾겠다는 명목 아래 아주 현실적이고 구체적인 롤 모델을 찾기도 했다. 그리고 그와 비슷해지기 위해 나의 가장 소중한 시간, 청춘을 바치기도 했다.

하얀 도화지 앞에서 쭈뼛쭈뼛 좀처럼 손을 뻗지 못하는 아이였던 어린 시절을 생각해본다. 그 시절 나에게 자신을 찾는 일이란, 48색 크레파스 중 하나를 망설임 없이 꺼내 들어 색칠할 수 있는 선생님처럼 되고 싶다는 욕구 그 이상도 이하도 아니었다. 20대에 공모전을 시작하게 된 계기도, 기획을 공부하게 된 일도 그렇다. 내가 찾은 롤 모델이 걸어온 삶의 과정엔 그것들이 있었고, 결국 그렇게 차곡차곡 배운 것들로 지금도 먹고살고 있다. 과연 그렇게 찾은 나다움의 순도는 몇 퍼센트일까 생각해보면 그리 높지 않다. 경험이 쌓이고 업력이 늘어나면 자연스레 하나의 캐릭터가 만들어질 수 있지만, 그것이 정말 나를 좋은 삶으로 이끄는 진정한 나의 캐릭터라고 단정할 수 없다. 아니, 하고 싶지 않다. 사회가 만들어준 경험치는 말 그대로 사회적 자아를 단단하게 만들어줄 뿐, 내면의 나 혹은 내면의 자아와 완벽하게 일치하는 것은 아니다.

이제 나다움의 순도를 높일 차례. 우선 자기 확신과 아집을 버린 후 나는 언제든 변할 수 있는, 가변적인 존재라는 것을 인정해야 한다. 물론 나다움이란 여전히 뚜렷한 기준을 갖기 어려운 주제다. 그래서 타인이 무심코 건네는 말에 흔들려 의지와 반하는 행동을 하는 경우도 종종 생기고 만다.

취업 준비를 할 때 나는 맹세코 단 한 번도 승무원이나 은행원을 꿈꿔본 일이 없었다. 그러다 선배들이 지나가듯

흘린 몇 마디에 승무원 면접 대비반에 등록 서류를 제출하거나 은행에 면접을 보러 간 일이 있다. 면접을 마치고 나오면서 가장 먼저 든 생각은 '합격하면 어떡하지?'였다. 누가 보아도 나와 잘 어울릴 것 같은 직업이란 이유로 진로를 결정할 수도 있는 상황에서, 나는 한참을 도서관에 앉아 생각한 끝에 결심했다. 다 탈락해도 괜찮아! 기회는 있을 거야!

내가 내린 결정을 번복하는 일은 수만 번의 주저함이 빚어낸 결과다. 줏대 없어 보이고, 부끄러웠으며 비참하기까지 한 일. 생각해보면 참 희한하다. 사람은 의지의 산물이라는데 기회가 주어지자마자 '제 의지 따윈 됐고, 이번 생은 잘되게 해주세요!' 라고 하니 말이다.

나답게 살기 위해, 나다움의 순도를 높이기 위해
무엇보다 지켜야 하는 것은 '나다워질 결심'이다.

변화를 받아들이다

우리는 불공평함 속에서도 늘 공평을 향해 나아가고 있다. 첫 베이킹을 하면서 그런 생각이 들었다.

애초에 재능이란, 늘 한쪽으로 치우쳐 있다고 선을 그어왔다. 재능 있는 사람들을 볼 때면 엄지손가락을 치켜들어 그들에게 환호를 보냈지만, 속으로는 나의 무능을 실감하며 씁쓸해하기 일쑤였다. 어려서 세상을 배울 때만 해도 불가능이란 없었는데, 머리가 굵어지면서부터 가능의 영역과 폭은 점점 좁아져만 갔다. 미술 학원과 수학 학원, 영어 학원 등 어디를 가든 또래보다 뛰어나게 잘해서 눈에 띄는 친구들이 있었고, 나는 웬만한 노력으로 그들을 따라갈 수 없다는 것을 직감하면서 포기를 배웠다.

어린 시절을 지나, 어른이 되어서도 재능을 가지지 못했다는 이유로 엄두가 나지 않는 것들은 하나둘 늘어갔다. 나에게서 누구나 하나쯤 가지고 있을 것 같은 재능을 찾는 것은 쉽지 않았고, 탓할 대상도 없는 일에 괜한 불평하기 싫어서 지금껏 해왔던 것 중 그나마 잘할 수 있는 것 위주의 삶을 살았다. 지금껏 하던 대로 앞으로도 해나가면 되는 삶이라니. 그 안에서 재미와 의미는 얼마나 지속될까. 그런 생각을 하던 즈음이었다.

자주 가는 카페에서 항상 먹는 디저트가 있다. 이름은 바스크 치즈 케이크. 처음 주문하고 받았을 때는 케이크 윗부분이 까맣길래 탄 것을 내준 줄 알았다. 의심이 드는 비주얼이라 한 치의 기대 없이 먹었는데 웬걸, 일반 치즈 케이크와는 다른 꾸덕한 식감에 크림치즈 풍미와 캐러멜 향이 더해져 커피와 정말 잘 어우러졌다. 스페인의 바스크 지방에서 시작된 케이크인데, 지금은 한국에서 인기가 더 많아져 레시피도 여기저기 공개되어 있다. 크림치즈, 설탕, 달걀, 생크림. 네 가지만 있으면 만들 수 있다는 블로그 글을 읽으면서 '한번 해볼까?' 하는 가짜 생각이 툭 튀어나왔다. 진짜 해보고 싶어서가 아니라, 어차피 안 할 거지만 그냥 지나가는 생각이었다. 그도 그럴 것이 베이킹이라면 중학교 가정 실습 시간에 피자 만들기 이후로는 해본 적이 없었고, 할 엄두도 내지 않았던 영역이다. 살면서 '재능 없음'의 이유로 엄두 내지 않는 세 가지가 있다면 바로 그림, 코딩 그리고 베이킹이었다. 그런데 레시피를 보니 쉬워도 이렇게 쉬울 수가 없었다. '요알못, 똥손도 실패하지 않는 케이크'라는 블로거의 말에 갑자기 없던 용기가 생겨 그 자리에서 원형 케이크 팬을 주문했다. 그리고 다음 날 집에서 약 3시간에 걸친 고군분투 끝에 내 인생 첫 케이크를 완성했다. 케이크 윗부분이 새카맣게 타는 캐러멜라이징이 덜 되는 바람에 완벽한 성공은 아니었지만, 맛은 나쁘지 않았다. 식탁 위에 케이크를 두고 이 각도 저 각도에서 사진을 찍으면서 혼자 속으로 열 번쯤 말했던 것 같다. 세상에, 내가 케이크를 만들다니! 내가 베이킹을 하다니!

다른 사람도 아닌 스스로 만들어낸 선입견이기에 깨뜨릴 엄두가 안 났었는데, 이제껏 불가능이라 생각한 것이 가능의 영역이 되는 순간이었다. 모든 경계가 허물어지는 느낌이 들었다. 할 수 없는 것이 아니라 실은 그냥 하기 싫은 마음에 외면해왔던 것은 아니었을까 하는 생각이 가장 먼저 들었다. 덕분에 요리에 있어서 더는 나의 '재능 없음'을, 무능을 탓하지 않을 정도의 자신감이 생겼다. 요즘은 시간이 날 때마다 가능할 것 같은 레시피들을 유튜브에서 찾아본다. 레시피의 세계를 탐닉하면서 글감도 다양해졌다.

　　이제 더는 수많은 타인의 재능을 보며 나의 무능을 탓하지 않는다. 진심으로 감탄하며 그들의 재능을 따라하면서 나 또한 할 수 있는 것들이 많아졌음에 감사의 응원을 보내게 된다. 세상에는 재능이 없어도 할 수 있는 것이 많다. 따라 하다 보면 정말 운이 좋은 경우에는 나만의 재능을 발견하게 될지도 모른다. 재능을 타고난 이들이 있는 불공평한 세상에서도 재능을 기꺼이 나누는 사람들 덕분에 우리는 할 수 있는 것이 많아지고 있다. 할 수 없는 것보나 할 수 있는 것이 세상에 더 많아지고 있다는 사실이, 바로 우리가 공평을 향해 끊임없이 나아가고 있다는 것을 확인시켜주는 지표가 아닐까. 나의 첫 홈 베이킹은 그렇게 세상을 낙관하는 방법을 알려주며 맛있게 마무리되었다.

행복의 가능성을 위해

　프리랜서가 되고 들쑥날쑥한 벌이 속에서 한번쯤은 실험해보고 싶었다. 지금 내가 할 수 있는 일을 최대치로 한다면, 한 달에 얼마를 벌 수 있을지. 유튜브에서는 쉽게 찾아볼 수 있지만, 정작 우리 주변에서는 한 달에 천만 원 이상 버는 사람을 찾아보기 힘들다. '한 달에 천만 원 벌기'는 현실적으로 가능한 일일까? 이 가능성을 확인한 후에 나는 어떤 선택을 하게 될까. 이 모든 것이 나를 행복하게 해줄 수 있을지도 궁금했다.

　세상 모든 일은 한번에 이루어지지 않는다. 그래서 1년 전부터 계획을 세웠다. 실험을 해보니 돈이 들어오는 패턴을 파악하고, 그 시점을 통제하는 것이 가장 중요했다. 프리랜서는 보통 일을 완료한 시점에 대금을 정산받는다. 선금과 잔금을 나눠 받는 경우도 있는데 나는 주로 일을 끝마치고 한번에 받는 편이다. 그러니까 내 전략을 말하자면, '일감을 최대한 모으고 나눠서 일한 다음에 정산은 특정 달에 몰아서 받는' 것이었다. 나에겐 우선 고정으로 하고 있는 영상 기획 일이 있었고, 추가로 외주 기획 일을 제안해서 맡게 되었다. 거기에 출간 예정인 책의 계약금과 비정기적으로 연재했던 칼럼 고료 그리고 예정된 북 토크와 강연이 있었다. 돈이란 항상 당겨서 받기는 어렵지만 늦게 받는 것은 쉽다. 일정 시간이 지난 후 그렇게 나는 모든 정산 일을 맞추어 돈을 한번에 받을 수 있었다. 통장에는 천만 원이 찍혔다.

실험 결과 한 달에 천만 원을 버는 일은 가능한 일이었다. 비록 다음 달부터 다시 '0'이 하나 덜 붙은 잔액이 찍히게 되겠지만, 이 한 번의 경험이 나에게 시사하는 바는 '0' 하나의 차이만큼 묵직했다. 무조건 긍정적인 시각으로 보자면 좋아하는 일을 포기하지 않고도 돈을 벌 수 있겠다는 희망이 생긴 것이다. 좋아하는 일과 돈 사이에서 갈등하는 나에게 이번 실험은, 불가능의 영역이라고 생각한 일이 가능의 영역이 된다는, 생각 전환의 기회를 가져다주었다. 그럼에도 불구하고, 천만 원을 벌기 위해 내가 해야 하는 일의 가짓수는 물론이고 들여야 하는 에너지와 체력 또한 만만치 않았다. 사랑하는 사람과의 약속을 모두 저버려야 했고, 그동안 쌓아온 루틴도 모두 무너뜨려야 했다. '벌 수 있을 때 벌자'는 말이 틀린 것은 아니다. 영원히 이런 패턴의 삶이 계속될 리도 없겠지만, 배움에 대한 몰아침이 아닌 벌이에 대한 몰아침이 인생에서 계속된다는 것은, 적어도 내가 바라는 행복한 삶은 아니라는 생각이 들었다.

얼마를 벌어야 행복해질 수 있을까? 이 고민은 이제 하지 않을 수 있을 것 같다. 대신 행복의 가능성을 높이는 데 어떻게 돈을 활용할 수 있을지 고민하는 시간이 더 많아지지 않을까 기대해본다.

행복에 지지 말자

휴대폰 메모장에 '행복해지는 방법'이라고 썼는데, '행복에 지는 방법'이라고 적혔다. 오타 난 자리를 금세 고쳐 쓰긴 했지만, 그날 종일 '~해지는'이 아니라 '~에 지는'이란 단어가 머리에 맴돌았다. 어느 책에서도 '행복'이란 명사 다음에 '지다'는 동사가 오는 일은 보지 못했기에. 어떤 상황에서도 행복이 이기거나 지는 것은 말이 안 되니까. 낯선 조합 앞에 운명의 계시를 받은 사람이 된 것처럼 나는 이 단어에 대해서 계속 생각해보게 되었다. 행복에 진다는 것은 무엇일까. 행복에 지는 방법이란 것이 과연 있을까.

아마도 우리는 "무조건 행복해질 거야", "기필코 행복해져야 해"와 같은 강박으로 인해 행복에 지고 마는 것 같다. 행복이 아무리 주관적인 성격을 가졌다고 해도 생각이나 감정에 사로잡혀 있는 강압적 상황에서 느낄 수 있는 행복은 없다. 때론 행복해지기 위해 행복에 지는 상황을 반복하기도 한다.

즉 행복해지기 위해서는 일상에서 '무조건'과 '기필코'에 대한 욕심을 내려놓아야 한다. 그리고 행복에 지기보다 행복해지길 바라는, '편안'과 '무탈'을 가져다주는 나만의 방법을 찾아보는 편이 좋다. 애쓰진 않아도 된다. 우리는 평소에도 예고 없이 행복의 감정이 밀려드는 순간을 늘 맞이할 수 있기 때문이다.

산책을 마치고 돌아오는 길, 따뜻한 물속에 몸을 담그고 있는 시간, 가만히 누워 음악을 들을 때처럼 일상이 안녕할 때 행복은 원치 않아도 마음 문 앞에 서 있곤 한다.

몸이 편하고 마음이 편안할 때,

행복은 비로소 내 안으로 스며든다.

회복을 위한 에세이

책을 출간하고 초기에는 매일 그리고 지금도 한 달에 한 번 정도는 소위 말하는 '에고 서치(ego searching)'를 한다. 포털이나 온라인 서점, 소셜 미디어 해시 태그 입력 창에 내가 쓴 책 제목을 입력해 새로운 한 줄 평이나 서평이 달렸는지 검색하고 확인한다. 온라인에서 내가 얼마나 소비되고 있는지가 곧 인기의 척도인 동시에 선별적으로는 자기 객관화의 도구로 사용할 수 있다는 점에서 여러모로 쓸모가 있다. 연예인이 아니더라도, 미디어에 노출된 적 있는 사람에게 에고 서치는 피할 수 없는 일종의 숙명이다. 혹평은 무조건 상처가 되기에 마음 보호 차원에서 나는 가급적 좋은 것만 보려고 한다. 그러나 독자들의 서평을 읽으며 느낀 것 중

하나는 감상 태도는 개인마다 다른 반면, 공감하는 문장은
대체로 비슷하다는 점이다.

> 갈수록 에세이가 많이 팔린다.
> 무겁지 않아서, 가볍게 읽을 수 있어서라고 하는데
> 사람들이 대화를 잃어버려서인 것 같다.
>
> ―나란, 《우리 취향이 완벽하게 일치하는 일은 없겠지만》,
> 지콜론북, 2019.

　그중에서도 에세이를 사는 이유가 '대화를 잃어버려서
인 것 같다'는 문장을 옮겨 적은 블로그 서평이 눈에 띄었
다. 문장을 가만히 보고 있자니 이번에는 이런 질문이 생긴
다. 사람들이 대화를 잃어버린 것이 맞다면, '우리가 잃어버
린 대화란 무엇일까?' 에세이에서 시작한 질문이니 에세이
에 근거해 답을 찾아보면 다음과 같다.

　첫 번째, 우리가 잃어버린 건 '주제'다. 학교에 다닐 때는
오늘의 급식 메뉴를 시작으로 '어제 몇 반의 누가 무슨 일

이 있었다더라', '다음 주 시험 범위가 바뀌었다더라' 하는 등의 이야기들이 그렇다. 몇 교시를 마치고 매점에 갈 건지, 수업이 끝나고 어디에 들렀다가 학원에 갈 건지, 걸어서 갈지 혹은 버스를 타고 갈지 등등 전혀 중요치 않은 시시콜콜한 주제들이 일상을 채웠다. 그러다가 성인이 되고부터는 주제의 농도는 전보다 거대해지고, 그 중요도를 하나하나 가릴 수 있는 것들이 많아지기 시작한다. 가령 언제 취업을 하고, 일 년에 얼마씩 모아서 어디에 투자를 할 것인지 등과 같은 거시적이고 추상적인 주제들을 앞세워 대화를 하게 되는 것이다. 가끔 여럿이 모인 자리에 가면 한두 명씩 이런 사람들을 만날 수 있다. 대학에 들어와 자기가 만든 스펙들을 하나하나 열을 올리며 설명하다가 대화의 흐름이 연애나 여행, 맛집처럼 일상적이고 개인적인 이야기로 바뀌는 순간, "나 저녁에 할 일이 있어서 먼저 가볼게" 하며 성급히 자리를 뜨는 사람. 자신이 중요하게 생각하는 주제가 아니면 시간 낭비라는 생각 때문에 그런 행동을 하는 것이다. 이런 사람들은 대개 취미를 물으면 없다고 하거나 '공부하고 일하는 것이 취미'라고 말한다. 삶에서 여유를 잘 만들지도 않지만, 시간이 나도 생산성과 효율을 따져 행동하는 이들이다. 그들은 어찌어찌 나이가 들어 부장이나 팀장 자리에 오르기도 하지만, 여전히 가장 늦게까지 일하고, 직원들에게 인기 없는 사람이 되기도 한다. 대화를 잃어버렸기 때문이다.

몇 년 전에 등장한 책 중에 《아무튼, OO》이라는 시리즈가 있다. 《아무튼, 피트니스》와 《아무튼, 서재》를 시작으로 《아무튼, 산》,《아무튼, 연필》 등 4년간 40종이 넘게 이 시리즈가 출간될 수 있었던 이유는, 이 책의 기획 의도인 '당신의 삶 속에서 생각만 해도 좋은, 그 한가지는 무엇인가요?'라는 문장 덕분이 아닐까 생각한다. 흔히들 '먹고사니즘'이라 말하는 생계에 관한 것은 아무리 생각해도 좋을 리 없다. 생계와 별개로 내 자유의지를 가지고 언제든 몰입할 수 있는 '나만의 주제'가 있을 때 가능한 일이다. 생각만 해도 좋은 주제라면, 누구와도 신이 나서 이야기할 수 있을 테니까. 그런 사람이라면 대화를 잃어버릴 리 없다.

두 번째, 우리가 잃어버린 것은 '상대'다. 대화는 '주고받음'을 기본으로 한다. 그러므로 주기만 하고 받지 못하는 대화는 대답 없는 메아리가 된다. 정상에 올라가 '야호' 하고 외쳤는데 아무것도 들리지 않았을 때의 기분을 생각해보자. '여기가 정상이 아닌가? 더 올라가야 하나? 여기까지 어떻게 올라왔는데…' 하는 공허함이 밀려든다. 자연과의 대화에서조차 응답을 바라는 인간인데, 심지어 아무도 나에게 말을 걸지 않거나, 아무에게도 말을 걸 수 없는 상황이라면 오죽하겠는가. 어른이 된 후로는 무슨 이야기를 꺼내도 돌아오는 답이 비슷해서 점점 말을 아끼게 된다. 가족이나 친구에게는 걱정만 끼친다는 죄책감과 그들이 해결해줄 수 없다는 자기 판단에 의해 입을 닫아버리기도 한다. 익명성이 보장되는 커뮤니티나 SNS에 고민을 털어놓아보지만, 그들이 들어주는 건 일회적이기까지 해서 돌아오는 것은 일시적인 위로뿐이다. 그렇게 돌고 돌아 결국 찾은 대화 상대는 다름 아닌 '나'. 나와의 대화를 하기 위해 태블릿에 노트 앱을 다운받고는 무엇이든 쓰거나 그린다. 글로써, 그림으로써 대화를 시작하는 것이다.

많은 에세이 작가가 '자신과의 대화'를 위해 펜을 든다. 누구도 내 이야기를 들어주지 않을 것 같아서. 공감하지 못하거나 무시할 것 같아서 혹은 그냥 이야기하고 싶지 않아서 이기도 하다. 그럴 때면 나의 내면에 말을 걸어보기도 한다. 누구에게나 있는 내면의 어린아이는 어린 시절에 경험한 정서적 기억으로, 어른이 된 이후에도 영향을 미친다. 특히 심리적인 불안이나 우울감, 강박적인 생각이 들 때 그 뿌리를 거슬러 오르다 보면 그것과 관련된 어린 시절의 기억을 마주하게 된다. 가령 무시당하는 순간을 유독 못 참는다거나 외모에 남들보다 강박적으로 반응하는 모습을 스스로 발견했을 때 아무것도 하지 못하고 끙끙거린다. 이때 글을 쓰거나 그림을 그리다 보면, 예전 기억이 하나둘 떠오르면서 내면의 어린아이를 찾아가게 된다. 그 과정에서 '나'라는 대화 상대를 마주하고, 조금씩 회복의 길로 들어서는 것이다.

몇 해 전부터 동네 서점에서 에세이 작가들을 중심으로 다양한 글쓰기 클래스와 드로잉 워크숍이 활발히 운영되고 있다. '매일 쓰는 글쓰기', '하루에 10문장 쓰기', '일기를 에세이로 바꾸는 법', '100일 기초 드로잉', '색연필 드로잉' 등 클래스 제목에서 알 수 있듯 전문 작가가 아닌, 학생이나 직장인을 대상으로 하는 프로그램이 주를 이룬다. 서점 사장님들 말에 의하면, 우선 참여율이 좋고 멀리서 오는 분들도 많다고 한다. 글이나 그림을 정말 잘 쓰고, 그리고 싶어 하는 분도 있지만, 후기를 보면 활동이나 대화를 통해 자기 자신을 알아가는 목적이 크다고 한다. 내가 살아 있는 한 '나'라는 대화 상대는 절대 잃어버릴 수 없는 것이다.

마지막으로 우리는 '답 없음'을 잃어버렸다. 사회생활에 익숙해질수록 대화의 끝에는 항상 어떤 결론이 있어야 한다는 일종의 강박을 갖게 된다. 하지만 회사가 아닌 대부분의 자리에서 하는 대화는 정답이나 해답을 요구하지 않는다. 대화의 기능은 '대화 자체'이다. 이야기를 주고받는 행위만으로도 내 생각을 명확히 정리할 수 있고, 상대를 이해할 수 있는 다양한 실마리를 얻을 수 있다. '대화를 할수록 끌리는 사람이 있다'는 말처럼 대화는 그 자체만으로도 우리 개개인을 특별한 사람으로 만들 수 있다. 다양성을 존중하는 사회로 나아갈 수 있는 것이다.

    나 역시 마찬가지였다. 팟캐스트를 하기 전에 내 대화 패턴은 답을 정해놓고 하는 식이었다. 그러다 보니 대화가 오래가지 못하고 무엇보다 재미가 없어지는 것이 느껴졌다. 그러다가 책을 읽고 같이 이야기하는 팟캐스트를 진행하면서, 내공이란 것이 생겼는지 답을 내리지 않고 말할 수 있게 되었다. 우리는 책을 읽을 때면, 늘 줄거리부터 요약하려는 습성이 있다. 그러나 사실 세상에는 줄거리를 요약하기 어려운 책이 훨씬 많고, 줄거리가 전혀 중요하지 않은 책도 있다. 혼자 읽을 때는 내가 기억력이 부족해서 혹은 책을 제대로 읽지 않아서라고 결론 내린 적이 많았다. 그러나 팟캐스트를 하면서부터는 '이 책이 난해한 거구나, 시대를 아는 것이 더 의미 있겠구나'라고 천천히 알게 되는 경우가 많다. 그뿐만 아니라 주인공에 대한 판단이 달라지기도 한다. 처음에는 좋게 생각한 인물이었는데, 후반부에는 '진짜 나쁜 놈은 이놈이네' 하고 깨달은 적도 다반사다. 현실에서도 말 한마디나 인상만으로 상대를 판단하게 되는 경우가 많은데, 판단을 내리고 대화를 시작하면 더는 그 사람의 매력을 발견하기 어렵다. 답을 정하지 않는 무해한 대화 속에서 특별함은 빛날 수 있다.

대화를 잃어버린 세상이라고들 하지만, 그럼에도 불구하고 나는 끊임없이 이야기를 건넬 것이다. 내 안의 회복을 위해, 타인의 특별함을 발견하고 기록하기 위해. 이것이 결국 내가 에세이를 쓰는 이유다.

내 안의 회복을 위해,

타인의 특별함을 발견하고 기록하기 위해.

이것이 결국 내가 에세이를 쓰는 이유다.

심장을 뛰게 하는 일

    평소 새로운 일을 구상하고 사림들을 보아 시도해보는 것을 즐기는 사람들. 그들에게는 남다른 에너지가 있다. 가만히 있는 사람도 두둠칫 춤을 추게 만드는 에너지가 그것인데, 그들은 자신의 에너지로 사람들이 춤을 춘다는 사실에 감명해 매번 새로운 일을 꾸민다.

    여기에 중독된 대표적인 인물로는 자신이 만든 예능 '꽃보다' 시리즈로 대한민국 청춘, 누나, 할배 모두를 비행기에 태워 해외로 보낸 나영석 PD가 있다. 그리고 쉽고 간단한 레시피로 자취생들과 신혼부부들의 밥상을 배달 음식이 아닌 요리로 채운 백종원 대표도 그렇다. 나는 매번 그들이 만든 콘텐츠를 추종하며 그들의 비결을 알아낼 궁리를 하는데, 나 역시 새로운 일 만들기에 중독된 지 오래되었기 때문이다.

일을 벌이고 새로움을 고민하는 사람, 기획자에 처음 매력을 느낀 계기는 언론사였다. 언론사에서는 취재하고 기사를 쓰고 신문이나 잡지, 인터넷으로 발행하는 일을 하기도 하지만, 그 외에 전시를 기획하고 주최하거나 기업의 홍보 대행 일을 맡기도 한다. 그중 내가 맡은 일은 대학생들을 선발하여 해외에 있는 지점을 함께 탐방하는 기업 사회공헌 프로그램으로, 1천 개의 팀 가운데 최종 40여 팀이 선발되는 과정을 기획하는 일이었다. 그들에게 어떤 미션을 주면 공정하게 선발할 수 있을지에 대한 고민부터, 현지에서 기업 홍보를 할 수 있는 방법 그리고 참여한 대학생들에게 해외여행의 맛을 제대로 보여주고 싶은 선배의 마음까지 발동해 매일매일 일에 파묻혀 지냈다.

당시 20대 중반이던 내게 이 모든 상황은 인생 최대의 과제이자 시련처럼 느껴졌다. 물론 혼자 하는 일이 아니었고, 결정권은 나보다 높은 사람들에게 있었다. 막상 사고가 벌어졌을 때 내가 지게 될 책임이란, '다음부터 잘하면 되지' 하는 핀잔을 듣는 정도로 아주 미미한 것이었다. 설령 내가 중간에 빠지더라도 일은 계획한 대로 흘러갔을 것이다. 그럼에도 나는 이 상황을 무겁게 받아들이고 야근을 자처하며 홀로 머리를 싸맸다. 지금 생각해보면 '굳이 그렇게까지…'라고 할 수 있는 결정들인데, 그때는 작은 결정 하나도 내가 생각한 대로 되지 않으면 며칠을 상사를 설득하고 고집에 억지까지 부리곤 했었다.

아마 이 모든 건, 카타르시스에서 비롯되었을 것이다. 아무도 생각하지 않는 것을 생각하고, 그것이 실현되었을 때 사람들이 즐거워하는 모습을 상상하는 과정이 내게 알 수 없는 쾌감을 주었던 것이다. 세상을 뒤집는 발명은 아니지만, 누군가에게는 인생의 작은 전환점을 만들어줄 수 있음을 직간접적으로 확인했을 때 불쑥 올라오는 감정들은 내게 행복 그 자체였다. 우리는 직장 혹은 직업 생활을 통해서 각기 다른 카타르시스를 경험하게 되는데, 한번 경험한 뒤에는 그 전으로 돌아가기가 어렵다. 내가 평생 느끼고 싶은 카타르시스를 찾는 것. 어쩌면 우리가 직업을 찾을 때 우선순위로 두어야 하는 점이 아닐까? 회사를 옮길 때마다 부서명과 직함은 조금씩 달라졌지만, 나는 늘 스스로 내 역할을 기획자로 정의해왔다. 그래서인지 지금껏 하고 있는 일의 대부분이 '새로운 일', '전에 없던 일'이다.

어디에 소속되어 있든 '일'이란 전적으로 맡은 사람에게 달려 있다. 창조까지는 아니더라도 루틴에서 벗어나 새로운 일을 해보고 나만의 카타르시스를 찾고 싶다면 몰래 조금씩 시도하면 된다. 다만 몇 가지 주의할 점이 있다. 남보다 부지런히 생각하고 움직일 것, 그 점에 불만 갖지 않을 것, 결정 앞에서는 단호할 것.

평생직장이 없는 세상이라지만, 내가 불현듯 느낀 카타르시스 존재의 유무는 앞으로 평생 일을 할 수 있는 동력이 될 수 있다.

그러니 지금 어떤 일이 우리의 심장을 뛰게 하고 있다면,

밤낮 가릴 것 없이 눈앞에 아른거린다면,

이제는 나를 위한 결정을 내릴 때다.

우직한 마음으로

동생의 자격증 시험일이 다가오면 엄마와 나는 마네킹이 된다. 마네킹의 일이란, 속눈썹 반영구 실기 시험을 보는 동생의 모델이 되는 것이다. 엄마와 나는 소파에 나란히 누워 눈을 감고 한두 시간을 견뎌야 한다. 이때 내 눈두덩이에서 동생의 손이 부르르 떨리는 것이 느껴진다. 이미 한시간이 지났지만, 여전히 동생의 손은 왼쪽 눈에 멈춰 있다. 두 시간 돌파. 다 된 것 같다는 말에 몸을 일으키면, 붙어 있던 속눈썹 몇 가닥이 힘없이 떨어진다. 몇 차례의 시도와 실패 그리고 탈락을 경험하지만, 동생은 결국 합격했다. 합격 비결은 간단하다. '될 때까지 하기.'

정확한 비용을 물어본 적은 없지만, 세 개의 자격증을 될 때까지 따내느라 수백만 원은 들인 것 같다. 자격증 수업을 듣는 것만 해도 백만 원이 넘어가고, 시험 칠 때마다 지불하는 응시료도 그렇고, 실기 시험은 모델을 자비로 직접 구해야만 한다. 반영구 실기 시험에서는 눈매가 또렷한 모델을 선호한다고 한다. 피부 자격증 시험은 피부가 깨끗하고 정갈한, 네일 자격증에서는 손가락이 가늘고 긴 모델일수록 평가에도 유리해서 그런 사람을 섭외하는 데도 돈이 꽤 들었단다.

'먹고살려면 기술을 배워야 해.'

실제로 분기에 한 번씩 드는 생각이지만, 끝까지 실행으로 이어진 적은 없다. 한번은 대학교 교직원으로 일하는 선배의 추천으로 독서지도사와 직업상담사 자격증을 알아본 적이 있다. 시험 과목과 일정을 확인하고 자격증 취득 후 진로에 관한 설명을 읽고 있는데, 불현듯 여러 생각이 스쳤다. 내가 논술 학원을 차리거나 취업 센터에 상근할 것도 아닌데 왜 이 자격증을 따려고 하지? 아무리 따져보아도 당장 효용이 없을 것이라는 판단이 섰다. 그래서 바로 인터넷 창을 닫았다. 또 몇 년 전에는 글쓰기를 전문적으로 배워보고 싶은 마음이 생기면서 학위도 있으면 좋겠다는 생각에 사이버대학 문예창작과에 입학한 적이 있다. 입학 초에는 주말을 온전히 반납하고 노트북 앞에서 보냈다. 아무도 없는 방 안에서 홀로 성실한 대학생 코스프레를 하며 인터넷 강의를 듣는데, 문득 '이게 정말 도움이 될까?' 하는 의구심이 들었다. 잊고 있던 대학 강의의 악몽이 떠올랐다. 오디오북을 듣는 것처럼 수업 시간 내내 책을 낭독하는 교수님, 도덕 수업에 버금가는 보편적이고 일반적인 내용들. 대학생 땐 차고 넘치는 것이 시간이라 하는 수 없이 교실에 앉아 있었지만, 직장인에게는 한 시간 한 시간이 시급이다. 한 달여의 고민 끝에 입학 취소 신청서를 내고 입학금과 등록금의 50%를 돌려받았다. 한때 토익 점수에 한 학기 전부를 바치던 시절이 내게도 있었는데, 직장인이 되고부터는 시간의 가성비를 지나치게 따져서 그런지 오히려 중도에 포기하는 경우가 더 많아졌다.

동생은 꼬박 5년에 걸쳐 속눈썹 반영구, 피부, 네일 자격증을 취득하고 지금은 창업을 위해 알뜰살뜰 자금을 모으고 있다. 동생이나 부모님 앞에서 말한 적은 없지만, 나는 자주 동생이 나보다 강한 사람이라고 느낀다. 이 모든 것을 일하면서 준비하고, 내게는 어려운 문제처럼 느껴지는 것들을 하나하나씩 해나가는 것이 신기할 때도 있다. 나라면 떨어질 때마다 가슴에 손을 얹고 '내 적성에 맞는 일일까?', '내가 하고 싶은 일이 맞는 걸까?', '투자 대비 손해 아닐까?' 등등 수십 번을 질문하면서 내 길인지 아닌지를 고민하다가 시간만 다 보냈을 텐데.

　　인생이 한 번뿐이라는 사실을 알고부터는 무슨 일이든 기준을 만들기 시작했다. 내가 잘할 수 있는 일만 하고 싶어서, 적은 수익이더라도 안전한 투자만 하고 싶어서이다. 그러면서 나와 반대인 동생을 보면서 '저 아이는 강한 사람이구나' 생각하게 된다. 그럴 때마다 어른이 되어가는 것이 아니라 오히려 약한 사람이 되어가는 느낌이다.

가끔은 생각을 멈출 필요가 있다. 인생은 논리에 좌우되는 것이 아니니까. 매 순간 재고 따지면서 달려왔다면 한 번쯤은 멀리 내다본다는 기분으로, 될 때까지 우직하게 밀고 나가는 시기도 있어야 한다. 언젠가 써먹기 위해서라기보다 나에게 쌓여진 것들이 먼 미래에도 내 안에 있다는 사실만으로 든든할 수 있으니까. 별것 아니지만 손에 쥐고 있다는 이유만으로 도움이 될 때가 있다. 삶에서 안도하는 마음은 대단한 업적을 필요로 하지 않는다. 될 때까지 해서 결국 해냈다는 기분 좋음, 그 느낌을 간직하면서 살아갈 수 있는 것이다. 그런 생각으로 나는 다시 자격증을 알아보고 있다.

목표는, 될 때까지 한다!

어른은 자라서 어른이 된다

아이는 얼마나 자라고 자라야 어른이 될까. 한국에서는 법적으로 스무 살이 되는 해의 5월 셋째 월요일이 되는 날, 성인이 되었음을 기념한다. 장미꽃을 안겨주며 "축하해. 오늘부터 넌 어른이야" 말하고 어른이 되었음을 종용하지만, 크게 현실감은 없다. 어른이라는 실감은 자라온 환경과 개인의 성향에 따라 다르다. 나이나 기념일 같은 수치적인 변화보다는 내가 생활하는 공간이 달라졌을 때, 부모에 대해 의존하는 정도나 태도의 변화를 스스로 체감하면서 점차 어른이 되고 있구나 느끼게 된다.

스물다섯이 되던 해 1월, 이마트에서 산 자줏빛 빨간색

캐리어를 끌고, 나는 이른 아침 집을 나섰다. 신입 사원 연수를 위해 처음으로 한 달 이상 부모님 곁을 떠나게 된 날이었다. 그날 이후 연수원에서 지냈고, 정식 입사 후에는 월셋집을 얻어 독립했다. 그리고 그 후로 지금까지 부모님 집에 일주일 이상 머문 적이 없다. 늘 우리 집, 우리 집 말하던 그 집을 '부모님 집'이라고 부르면서 나는 어렴풋이 내가 어른이 되었음을 실감했다.

'책임'의 무게에 짓눌리는 것이 어른이라지만, 당시에는 책임의 무게보다 경제적, 정신적으로 완전한 자유를 누릴 수 있다는 흥분에 도취되어 있었고, 그 실감이 기분 나쁘지 않았다. 소소하게는 먹고 싶은 것을 언제든 먹을 수 있는 데서 오는 자유, 친구를 만나도 늦게 들어오거나 들어오지 않을 수 있는 자유를 누리며 나는 이전보다 능동적인 사람이 되어갔다.

완전히 꺼졌다고 생각한 꿈의 불씨도 조금씩 되살아났다. 어릴 때는 꿈마저도 부모님의 허락을 받아야 했고, 부모님이 원치 않으시거나 그들을 설득할 수 없다면 포기해야 했다. 스무 살이 넘어서도 나의 꿈은 자주 바뀌었다. 이번 달에는 잡지사 에디터, 다음 달에는 한문 선생님 하며 여러 꿈을 나열했지만, 달리 말하면 그 어떤 꿈에도 확고하지 못했던 상태였다. 이렇게 갈팡질팡하다가 결국 부모님의 바람대로 공무원 시험을 보게 되는 것은 아닌가 한참 고민하다가 공무원은 아무나 되나 푸념하기 일쑤였다. 그런데 희한하게 독립을 하고부터 다시 어린아이가 꿈을 꾸듯 모든 것을 알고 싶고, 모든 것이 되고 싶은 어른이 되었다. 왠지 마음만 먹으면 될 수 있을 것만 같았다. 내 힘으로 온전히 24시간을 보낼 수 있다는 데에서 오는 삶의 감각은 그렇게 20대의 나를, 성장하고 싶은 어른으로 자라게 해주었다.

시간이 흘러 최근, 나는 다시 한번 어른이 되었음을 실감한다. 그동안 혼자 지내면서 가능했던 자유의 시간을 지나 어느새 하나의 가정을 꾸리게 되었고, 생활공간이 달라지는 것을 비롯해 한 공간에서 함께 지내는 사람이 생겼기 때문이다.

혼자 생활할 때는 이기적인 마음을 먹지 않는다면, 홀가분한 개인주의자로 살 수 있다. 남에게 폐 끼치지 않는 선에서 원하는 대로 뭐든 할 수 있으니까. 내일 당장 휴가를 내고 여행을 갈 수도, 아니면 사직서를 내고 한 달 동안 제주에 내려가서 살 수도 있다. 그러나 결혼이라는 제도 아래 삶을 동행하기로 약속한 순간, 그 전과 같이 제멋대로의 생활로 돌아가기란 쉽지 않다. 저녁 메뉴 하나도 논의하는 과정이 필요하고, 때에 따라 타협 혹은 설득이 필요한 경우도 있다. 부모님과 살 때는 떼쓰고 안 하면 그만이지만, 이제는 그럴 수 없다. 어떻게든 상대와 잘 이야기해서 마무리를 지어야지 다짐할 때, 나는 다시 한번 어른이 되었음을 느낀다.

누군가와 함께 살면 나에 대해 많이 알게 된다는 의외의 장점이 있다. 가령 내가 어떤 사람과 함께 있을 때 웃는지 또는 안정감을 느끼는지 같은 것들. 물론 혼자일 때보다 더 큰 책임과 인내심이나 배려가 요구되고, 내 삶은 보다 제한적이고 통제해야 할 것들만 남게 된다. 가끔은 '이게 내가 원하던 것이 맞는지'에 관한 의구심이 들기도 한다. 그러나 그것 또한 어른이 되었음을 말해준다. 함께 사는 삶에서 배울 수 있는 또 하나의 큰 장점은 연대 의식이다. '남에게 폐만 끼치지 말자'고 외치던 개인주의적 삶은 가족이라는 울타리를 넘어, 타인과 세상을 돌아보기까지 그 범위를 점차 늘려간다. 나와 직접적인 관련은 없지만 한 번은 마주쳤을 택배 기사의 무사고를 기원하고, 길가에서 마주치는 어린 아이들의 안전을 살피고, 필요할 땐 작은 도움을 주기도 하면서. 나와 같은 세계에 사는 이웃들 소식에 관심은 물론이고, 마음을 기울이게 되는 것이다. 부끄럽지만 혼자의 삶을 살았을 때는 미처 자각하지 못했던 부분들이다.

실감이란 말은 그 의미에 걸맞게 실제로 체험해야만 느낄 수 있다. 어른이 된다는 것은 몸이 자랐다고 해서, 경제적으로 독립을 했다고 해서 그치지 않는다. 우리가 삶에서 배움을 멈추지 않는 이상, 우리는 계속 어른이 된다. 아이가 자라서 어른이 되는 것처럼, 어른도 자랄 수 있다.

어른은 자라서 어른이 된다.

어른이 된다는 것은 몸이 자랐다고 해서,

경제적으로 독립을 했다고 해서 그치지 않는다.

우리가 삶에서 배움을 멈추지 않는 이상, 우리는 계속 어른이 된다.

아이가 자라서 어른이 되는 것처럼, 어른도 자랄 수 있다,

주관이 탄생하는 순간

　예전에는 흘려듣고 넘기던 말이나 행동들이었는데, 언젠가부터 반감이 생길 때가 있다. 특히 어떤 말은 마음에 콕 박히면 좀처럼 떨어져 나가지도, 아물지도 않는다. 세월이 가진 속성은 본래 쌓일수록 강해지고 무뎌지기 마련인데 이처럼 말 한마디에 흔들리는 나를 마주하는 상황과 맞닥뜨리게 되었을 때 제일 먼저 이런 생각이 든다. 내가 나약해진 걸까? 자존감이 낮아진 건 아닐까? 나를 향한 의심 혹은 자책이 스멀스멀 샘솟는다.

　하지만 아무렇지 않던 것들이 어느 순간부터 부당하게 느껴지거나, 다들 그러려니 넘기던 일들에 적어도 나는 그럴 수 없다는 생각이 깊이 들었다면, 그것은 내 삶의 기준인 '주관의 탄생'을 의미하는 신호일 수 있다. 그전까지 살아지는 대로 살아왔다면, 이제부터는 살고 싶은 방식으로 살 수 있는 기회가 주어진 것이다.

사람은 태어나는 순간부터 독립성을 부여받지만, 그렇다고 누구나 독립적인 생각과 견해를 확신하며 살거나 자신이 생각한 대로 살 수 있는 것은 아니다. 주관을 발견하는 과정에서 많은 경험과 좌절과 무기력이 따르기 때문이다. 하지만 그 과정을 견뎌내고 내가 원하는 삶을 발견했을 때, 성숙한 자아를 만날 수 있는 또 다른 기회를 얻을 수 있다. 따라서 주관의 등장은 의심이나 자책의 대상이 아니라, 기뻐해야 하는 일이다.

적어도 내 결정 앞에서 덜 흔들릴 수 있을 테니까.

일도 생활도 끈덕지게

근육을 만드는 이유는 몸을 균형 있게 만들기 위한 것이기도 하지만, 오래 걷거나 뛰어도 지치지 않는 체력을 만들기 위함이기도 하다. 같은 맥락으로 회사에서 일과 생활의 균형을 만들기 위해, 갖은 구박에도 끄떡없이 내 일을 해내기 위한 방법으로서 '일 근육'이 필요하다. 꾸준히 운동해야 생기는 근육처럼 일 근육 역시 연차가 쌓이면서 자연스레 생겨나는 것인데, 기다리기 어렵다면 다음의 순서를 따르는 방법도 있다.

1. 시간이 해결해주리라 믿고 버틴다.
2. 버티다가 힘들면 취미를 만든다.

3. 취미를 일로 만들진 않는다.

4. 취미를 일로 만들었다면 다른 취미를 만든다.

5. 취미로도 안 되면 연애를 한다.

사실 일 근육을 만드는 이유는 회사를 위해서가 아니라 나를 위해서다. 맡은 일을 잘 처리하는 동시에 내 생활 또한 잘 돌볼 수 있을 때, 우리는 '일 근육이 생겼다'고 말할 수 있다. 그리고 일 근육이 있어야 결국 오래 일할 수 있다.

빨리 가려면 혼자 가고 멀리 가려면 함께 가라는 말처럼, 오래 일하고 싶다면 주변을 둘러보면서 일도 생활도 끈덕지게 해낼 수 있는 '일 근육'을 키워보자. 결국 최후의 최후에는 일 근육이 있는, 끈덕진 사람만이 살아남을 수 있다.

좋아하는 일로부터, 꿈꾸는 것으로부터.

빨리 가려면 혼자 가고 멀리 가려면 함께 가라는 말처럼,

오래 일하고 싶다면 주변을 둘러보면서

일도 생활도 끈덕지게 해낼 수 있는 '일 근육'을 키워보자.

작은 역할이어도 괜찮아

이른 아침 동네에는 오르막길을 걸어 등교하는 아이들의 숨소리와 건널목을 지키는 녹색 할머니 할아버지들의 호루라기 소리로 온통 가득하다. 안전한 등굣길 임무를 마친 녹색 할아버지들이 삼삼오오 모여 이백 원, 삼백 원짜리 커피를 뽑아 들고 어디론가 유유히 사라질 즈음, 이번에는 학교 앞 떡볶이집 셔터 올라가는 소리가 들린다. 금세 떡볶이가 보글보글 끓고, 보라색 연두색 슬러시 기계가 돌아간다. 동그란 튀김기에는 나무 막대에 끼운 핫도그, 후랑크 소시지, 떡꼬치가 튀겨지고 옆에는 쪼그리고 앉아야 손이 닿는 게임기 두 대가 아이들의 하굣길을 기다린다.

사계절 내내 변치 않는 동네의 풍경은 가족과 처음 떨어져 지내는 나와 나의 꿈을 지지해주었다. 간혹 '나는 언제쯤 무엇이라도 될 수 있을까' 하는 생각이 드는 날, 미래와 희망을 떠올리는 것이 퍽 힘든 날이면 나는 무작정 동네를 걸었다. 멀리 보이는 건물 하나를 대단한 것이라도 되는 양 목표 삼아 걸어도, 막상 가보면 남의 집 대문 앞이거나 오히려 건물과 점점 멀어지기도 했다. 그렇게 길을 잃은 채로 걷다 보면 다른 생각이 스쳤다. '전부 그만두고 학교 앞에서 떡볶이 가게를 하면 어떨까, 아니야. 난 단 걸 안 좋아하니까 문구점이 낫겠지?' 이런 생각을 하면 걱정이 사라지고 그 자리에 웃음이 찾아오곤 했다.

그렇게 집에 가면 모든 것이 괜찮아졌다. 기회가 오지 않는다 해도, 무엇이 되지 못한다고 해도.

풍경 속에 가만히 서 있는
작은 역할이라고 해도
나는 충분히 괜찮았다.

지금도 나는 자란다

광화문을 지날 때면 언제나 한 곳에 시선이 머문다. 지하철 출구 계단을 오르는 중이거나, 버스에서 벨을 누르는 순간에 눈이 먼저 가 있는 곳. 광화문 교보문고가 있는 건물 외벽이다. 2층 높이의 대형 글 판에는 살아 있는 자의 시 혹은 이미 잠든 이의 경구가 쓰여 있다. 짧으면 한두 줄에서 길어도 네 줄 사이의 짧은 글이지만, 그 안에는 계절의 끝과 시작이 담겨 있고, 한 해의 다사다난을 가늠할 수 있는 힌트가 들어있다. 그래서인지 그 글을 읽고 나면 왠지 나에게 되물어야 할 것만 같다. 지금의 나는 얼마나 자랐는지, 그때와 얼마나 같고 또 얼마나 다른지 하는 것들을.

2012년 가을, 나는 갈림길에 서 있었다. 직장인에서 백수가 된 지 100일째. 연애를 하면서도 세어본 적 없는 숫자를 백수로 지내는 동안에는 매일 세었다. 숨만 쉬어도 통장 잔고가 줄어들었고, 자고 일어나도 하루는 어제와 다를 것이 없었기에 날이라도 세지 않으면 큰일이 날 것 같았다. 그리고 100이라는 숫자를 다시 보게 되었다. 연애에서 100일은 어떻게 지나가는지도 모를 만큼 환상적인 시간이지만, 인생에서 100일은 한 젊은이의 미래를 일장춘몽으로 끝내기에 충분한 현실의 시간이라는 것을 알게 되었다. 단편적으로는 운전자에서 운전면허증 소지자로, 카드사 VIP 고객에서 일반 고객으로, 월급 받는 사람에서 월세 내는 사람 정도의 변화였지만, 머리에는 눈에 보이지 않는 숙제들이 가득했다. 이를테면 일을 하고, 사람을 만나거나 사랑하는 것 어느 하나라도 시작을 해야 하는데, 뭐부터 시작해야 할지 또는 시작할 수 있을지조차 확신이 들지 않았다. 시간은 계속 흐르고 정말 뭐라도 하지 않으면 안 될 것 같아서, 매일 이력서를 쓰고 토플 공부를 몇 시간씩 하기도 했다. 그리고 남는 시간에는 끊임없이 의심했다. 하고 싶은 일이 아니면 어쩌지? 이전 회사처럼 좋은 사람들을 만날 수 있을까? 우물쭈물하다가 평생 아무도 만나지 못하면 어떡하지? 인간의 내면은 서서히 무너지는 것이 아니라는 것도 그때 알게 되었다. 무너짐 앞에 시차는 없었다.

이듬해 여름, 새로운 직장으로 출퇴근하면서 이전과 달라진 점이 하나 있었다. 다름 아닌 '걸어서 퇴근하기'였다. 초여름답지 않은 산들바람이 불던 어느 날, 퇴근길에 마주친 회사 동료 P와 날씨가 좋다는 이야기를 하다가 걷기로 했다. 충정로에서 시작된 우리의 걸음은 공덕역을 지나 마포역에서 각자 버스를 타는 것으로 마무리될 계획이었다. 그러나 대화를 끊을 타이밍을 놓친 탓에 마포대교를 건너 결국 우리 집이 있는 영등포까지 이어졌다. 부지런히 걸어도 1시간 30분이 걸리는 거리. 한 번도 엄두조차 내지 못했었는데, 막상 걸어보니 같이 걸어서 그런지 힘들지 않았다. 그 후로 정시에 퇴근하는 날이면 P에게 메시지를 보내 '오늘 걸어갈까요?' 하고 물었다. 어느 날은 중간에 공덕 시장에 들러 막걸리에 전을 먹기도 하고, 여의도 한강공원에서 맥주를 마시며 해가 지기를 기다리기도 했다. 그해 여름 우리가 걸으면서 한 이야기들은 아주 일상적인 것들이었다. 아침에 사장님이 몇 시에 출근하셨는지, 부장님이 왜 사장실에 불려 가셨는지 등과 같은 크고 작은 그날의 일들. 또는 주말 소개팅은 어땠는지, 동생 결혼 준비는 잘 되어가는지 그런 일상의 에피소드를 주고받으며 우리는 걷고 또 걸었다. 무엇보다 신기한 것은 집에 오면 한 시간 넘게 웃고 떠들며 했던 이야기들이 사라진다는 점이었다. 몸보다 머리가 맑아지는 기분이 들었다. 그렇게 퇴근길 한 시간의 잡담으로, 나의 무너진 정신은 서서히 기력을 회복했다. 건강에 운동만큼 좋은 약이 없듯, 정신을 맑게 하는데에는 잊기 좋은 잡담이 최고라는 것도 그때 알았다.

   P와 함께 다닌 회사는 내가 가장 오래 다닌 회사다. 어쩌면 나의 최장기 근속의 1등 공신이 P일지도 모르겠다는 생각을 한다. 나는 항상 내 자신을 성장과 배움에 목말라 있는 사람, 허투루 쓰는 것은 뭐든 싫어하는 사람, 인생에서 지향해야 할 것과 지양해야 할 것을 명확히 나누는 사람으로 정

의 내리고 있었다. 그런 만큼 사람들에게는 '능력 있는 사람'
으로 보이길 바랐다. 그러면 회사 생활이 즐거울 줄 알았던
것이다. 회사 생활을 지치지 않고 즐겁게, 오래 하기 위해
필요한 것은 어쩌면 P 같은 동료였을지도 모른다. 쓸모없는
얘기를 언제든 할 수 있는 친구 같은 한 사람.

　　첫 회사를 그만두고 10여 년이 지났지만, 여전히 나는 내
가 얼마나 자랐는지 가늠조차 되지 않는다. 그때보다 정말
한 뼘이라도 바르게 자랐는지조차도 정말 모르겠다. 그래도
달라진 것이 있다면 그해 여름을 계기로 내 삶에는 '편한 사
람'이라는 새로운 기준이 생긴 것이다. 그 후부턴 업무 파트
너를 선택할 때도, 연애 상대를 볼 때에도 이 사람이 능력
이 있는지, 외모가 출중한지보다는 편안한 사람인지를 최
우선에 놓고 보게 되었다.

　　일로 만난 사이든, 취미로 만난 사이든 편한 사람을 곁에
많이 두고 싶다. 앞뒤 재지 않고 오늘의 시시콜콜함을 이야
기할 수 있는 사람. 의심 없이 나의 숨겨진 아이다움을 언

제든지 꺼내 보여줄 수 있는 그런 사람.

그런 사람들을 곁에 두면 영원히 푸르게만 자랄 수 있을
것 같다.

나만의 안전장치

　몸이 아파 가끔 병원에 갈 때면, 제 발로 찾아간 사람답지 않게 의사의 처방에 발끈할 때가 있다. 가령 "무리하지 말고 휴식을 취하세요"라는 말을 들었을 때, 나는 속으로 반항한다. '휴식이 대체 뭐죠?', '쉬는 방법을 모르는데 어떻게 쉬어요?'

　'붉은 여왕 가설'이라는 것이 있다. 루이스 캐럴의 소설 《거울 나라의 앨리스》에서 붉은 여왕이 주인공 앨리스에게 말하는 내용에서 비롯된 것으로, 진화론에서 거론되는 원리이기도 하다. 소설에서 붉은 여왕은 앨리스에게 이렇게 말한다.

여기서는 같은 장소에 있으려면 할 수 있는 한 최선을 다해 뛰어야만 하지. 만약 다른 곳에 가고 싶으면 적어도 두 배는 빨리 달려야 하고!

– 루이스 캐럴, 《거울 나라의 앨리스》, 더스토리, 2017.

붉은 여왕의 나라에서는 어떤 물체가 움직일 때 주변 세계도 그와 함께 따라 움직이기 때문에, 그 나라에선 끊임없이 달려야 겨우 제자리를 유지할 수 있다. 따지고 보면 우리가 발붙이고 사는 이 세계도 붉은 여왕의 나라와 다르지 않다. 개인의 노력보다 더 빠른 속도로 변하고 있는 세상이기 때문에 가만히 머무르기만 한다는 것은, 뒤처짐의 동의어가 되어 불안을 가속화할 뿐이다. 우리가 쉬어야 할 때 쉬지 못하고 쉴 때조차 불안감을 갖는 이유 중 하나는 이러한 가설, 제자리에 있고 싶다는 마음조차 죽어라 뛰어야 가능한 탓이다. 그래서 우리에게는 세계도 쉬고 있다는 것을 느끼게 해주는 안전장치가 필요하다.

가만 관찰해보면 잘 쉴 줄 아는 사람들은 자기만의 안전장치를 갖고 있다. 법정 공휴일과 주말이 겹쳐 3, 4일 정도 쉰 다음 날, 사무실에 들어오는 사람들의 표정만 보아도 알 수 있다. '저 사람은 잘 쉬고 왔구나' 싶은 사람의 얼굴에는 화색이 도는 반면, '주말에 뭐 힘든 일이 있었나' 생각하게 만드는 사람들은 물어보면 내내 집에서 먹고 자고 했는데 왜 더 피곤한지 모르겠다며 멋쩍은 웃음을 보인다. 다 같이 모여 점심을 먹을 때면, 잘 쉬고 온 사람들은 '이거 봤어?', '여기 가 봤어?' 하며 주말에 본 영화와 전시, 여행지에 대해 쏟아낸다. 이야기를 통해 자신의 안전장치를 하나씩 풀어 놓는다.

내게도 언제든 꺼내 보는 안전장치가 있다. 일하는 것도, 사람 만나는 것도 귀찮고, 좋아하는 책조차 읽기 피곤한 날에는 새로운 것보다 익숙한 것, 예전에 봤던 영화나 드라마를 다시 보는 것으로 스스로를 충전한다. 고바야시 사토미 주연의 영화 〈카모메 식당〉과 드라마 〈빵과 수프, 고양이와 함께 하기 좋은 날〉 같은 영상을 백색 소음처럼 재생해놓고 빈둥거리면, 주인공의 차분하고 정갈한 말투가 세상의 흐름을 느리게 바꿔놓는다. 이 세계의 시간이 화면 너머에서 흐르는 것처럼, 느리게 흐르는 기분을 느끼는 것이다. 특히 영화 속에서 '우리의 모든 처음은 늘 서툴다'라는 것을 인정하는 주인공의 태도는, 완벽하려고 애쓰는 평소의 내 모습과도 상반되면서 조여 있던 숨통을 트이게 한다. 그렇게 제자리에서 발 구르는 것이 벅찰 때마다 나는 영화를 보면서 나만의 속도를 갖는다. 일종의 안전장치인 셈이다.

하루에도 몇 번씩 '빠르기'가 바뀌는 세상에서 속도에 맞춰 나아가는 일을 기대하기는 어렵다. 그러니 안전하다고 느낄 수 있는 안전장치를 하나씩 마련하는 것도 쏠쏠한 팁이 될 수 있다. 세상 속도를 무시한 채 나만의 속도를 유지하는 장치를 발견해나가는 재미도 느낄 수 있을 것이다. 다큐멘터리, 책, 특정 공간 모두 가능하다.

안전장치를 꺼내놓고 다수가 아닌 나만의 시간이, 나답게 흘러가도록 하는 그런 시간이 누구에게나 필요한 시대다.

날마다 새롭게

미국 캘리포니아주에 있는 샌디에이고는 사계절의 변화가 적고 1년 내내 10~25℃의 선선한 날씨를 유지하고 있기 때문에 은퇴 후 살고 싶은 도시들 중 하나로 손꼽힌다. 그에 반해 한국의 계절은 그 경계가 모호해지고 있긴 하나 봄, 여름, 가을, 겨울의 변화가 뚜렷한 편이고, 길거리의 풍경과 사람들의 옷차림도 계절마다 달라진다.

우리 앞에 두 개의 삶이 있다고 가정해보자. 샌디에이고의 기후처럼 변화가 많지 않은 삶과 한국의 사계절처럼 주기적인 변화가 있는 삶으로 나눌 수 있을 것 같다. 그렇다면 어떤 삶을 선택하는 것이 좋을까. 아마도 나는 미칠 듯이 덥고 혹독하게 추운, 그렇지만 변화가 있는 삶을 선택할 것 같다.

삶에서 변화는 다양한 모양으로 찾아온다. 어제까지만 해도 고기가 없으면 밥을 못 먹던 사람이 어느 날 나물만 넣은 비빔밥을 쌀 한 톨도 남기지 않고 먹게 되었다든지, 틈만 나면 비행기 티켓을 끊어 떠나기 바빴던 사람이 어느 날부터 주말에 집에서 쉬는 것을 최고로 여기게 되었다든지. 다양한 모양의 변화에서 공통된 한 가지는, 크고 작은 변화 속에서 나는 날마다 새로운 사람이 된다는 사실이었다.

한 조각가는 우리의 삶에서 아쉬움이 있다면, 단 한 번밖에 살지 못한다는 현실에 있다고 말했지만, 나는 변화가 계속되는 한 여러 모습으로 살 수 있다고 믿는다.

인생의 시기마다 찾아오는 변화를 기꺼이 받아들일 수만 있다면, 우리는 날마다 새롭게 피어날 수 있다.

크고 작은 변화 속에서

나는 날마다 새로운 사람이 된다는 사실이었다.

행복을 담아줄게

ⓒ 나란, 2023

초판 1쇄 발행 2021년 10월 20일
개정판 1쇄 발행 2023년 1월 26일

글 나란
책임편집 김지연
디자인 수박 @studio_soopark
콘텐츠 그룹 한나비 이현주 김지연 전연교 박영현 장수연 이진표

펴낸이 전승환
펴낸곳 북로망스
신고번호 제2019-00045호
이메일 book_romance@naver.com

ISBN 979-11-91891-24-9 03810

* 이 책은 2021년 출간된 《이 미로의 끝은 행복일 거야》의 개정판입니다.
* 북로망스는 '책 읽어주는 남자'의 출판브랜드입니다.
* 이 책의 저작권은 저자에게 있습니다.
* 저작권법에 의해 보호를 받는 저작물이므로 저자와 출판사의 허락 없이
  무단 전재와 복제를 금합니다.
* 이 책의 일부 또는 전부를 재사용하려면 반드시 저작권자와 출판사 양측의
  동의를 받아야 합니다.
* 책값은 뒤표지에 있습니다.